Shima & Hikaru
「熱情」

熱情

ごとうしのぶ

キャラ文庫

この作品はフィクションです。
実在の人物・団体・事件などにはいっさい関係ありません。

目次

口絵・本文イラスト／高久尚子

熱情

◇◆◇

1

◇◆◇

「やめろっ、なにす、あっ」

放課後の社会科資料室。

「好きです、先生ッ」

「よせ、あっ、うっ！」

人気のない狭くて埃《ほこり》っぽい空間に、動物のようなふたつの喘《あえ》ぎ声が低く絡まる。

「せんせ…いっ……！」

欲望を体内に放った途端、胸の上へ崩れ落ちるようにのしかかってきた男子生徒。

汗だらけの聡明そうな広い額、いや、これまでのテストの実績からして、そう見えるだけで実際はたいしたことはないのだが、それでも品行は、──少なくとも、自分の高校の教師、しかも『男性教師』を強姦しようとするような、そんな生徒ではなかったはずだ。

ルックスはかなりイケてると、女の子たちの評価は満更でもないが、中身がてんでお子ちゃまなので、そのギャップに笑ってしまって、そういう喜ばしくない意味で、目立つ存在でもあった。

無邪気で単純。宿題を忘れたことはないし、約束したことは馬鹿みたいに必死で守る。まるで小学生の男の子のようだと、彼女たちはからかいながらも、その純粋さが眩《まぶ》しくて、却《かえ》って近寄り難いのだ。

呼吸が落ち着いてきた頃に、彼はいきなり、素面《しらふ》に戻った。

ハッとしたように目を見開き、愕然《がくぜん》とした表情で、繋《つな》がったままの自分の下半身と、教師の顔とを、交互に見る。

溜め息がこぼれた。……彼ではなく、教師の方だ。

「良かったか？」

意地悪く訊《き》かれて、男子生徒、海野光《うみのひかる》は俄《にわか》に毛色ばんだ。

急いで抜こうと腰を引いた光に、

「っつ！　乱暴にするなっ」

彼の胸倉を掴《つか》み寄せる。

「すっ、すみません」

困惑しきって、彼の動きが凍ったように固まった。

「突っ込むだけ突っ込んでおいて、その後どうしたらいいのかわからないなんて、最低だな」

訊くまでもなく、初めてなのだろう。強姦も、セックスも。「好きだからって理由だけで、後先かまわず襲うなよ」

だが、彼が追い詰められていたのは知っている。

沈鬱《ちんうつ》な口元が、ようやくまともに動いた。

「け、結婚するって、本当ですか」

震える声で、彼が訊く。

「それを先に訊けばいいだろ」

呆《あき》れた眼差しで、怯《おび》える子供のような光を見上げた。

まったく、いきなり強姦されて、怯えなきゃならないのはこっちのはずなのに。

「するわけないだろ、相手もいないのに」

応えると、みるみる光の表情が無邪気に崩れた。

「本当ですか?:」

「今更ウソをついてどうする。オレのこと、こんなにして、きみ、どう責任取るつもりだ」

「おっ、俺と結婚、してくださいっ!」

「できるか、ばーか」

男同士でどうしろと。「そもそもな、きみはオレのことが好きかわからんが、オレはそうじゃないんだからな」

光は一瞬、奥歯をきつく嚙《か》みしめて、

「わかってたけど……」

本人の口から直接言葉にして聞かされると、さすがにきつい。

「償いに関しては、ゆっくりと考えろよ。卒業まで、まだ一年近くあるんだから」

「志摩《しま》先生……」

光は、床との間に両腕を割り入れて、教師の背中をそっと抱いた。「ごめん、先生。こんなことして、ごめん。でも俺、……俺」

ずっと先生のことが好きだったんだ。

嘆きのような告白。

溜め息が、また、こぼれた。

「お、いたいた、まだ残ってたな」

既に誰もいない放課後の職員室。机で帰り支度をしながらも、ついぼんやりとしていた志摩に、運動部の顧問をしていて、終わったら帰るだけだから着替えるのなんか面倒だと言ってるような上下ジャージ姿で、「おい志摩、じゃない、志摩先生、たまには一緒に帰ろうぜ」

車のカギの付いたキーホルダーを人差し指でクルクル回しながら、同僚の天宮《あまみや》龍一《りゅういち》が声をかけてきた。

志摩はじっと、天宮を見つめてしまう。

「——なに?」

「別に。天宮がオレを誘うなんて、珍しいこともあるもんだなと思っただけだ」

一年に一度、あるかないかの頻度だ。……何も知らないはずなのに、この男はなんだって、選りに選ってこのタイミングで、自分を誘うのだろうか。

「そうか?」

とぼけた表情で訊き返した天宮は、「ま、ちょっとした下心があるにはあるんだけどさ」

上下ジャージ姿であろうとも『絵に描いたような大人の男』な空気感は、微塵《みじん》も損なわれることのない天宮。故に、早熟な女子高生から、彼はいつも興味津々に観察されている。近寄りたいけど、迂闊《うかつ》に近づくと都合良く遊ばれちゃいそう。勘の良い彼女たちは、加えて、そういう危険な、マイナスな匂いも敏感に感じ取っているのである。

天宮とは全く違った意味で、やはり興味の対象になりやすい志摩邦明《くにあき》。繊細な印象の、中性的な容貌が、男臭さの薄い、不思議な存在として、彼女たちの気持ちを惹く。孤高さを連想させるほどのクールビューティーの割に、意外ときさくだったりするものだから、志摩の周囲に女子高生たちがたむろしてない時などないくらいだ。しかも、どうも男心も惹きつける、らしい。か弱い感じがして守ってあげたい、とかではなくて、つまり、男女にかかわらず、老いも若きも、美しいものは好きである、ということなのだ。

「下心?」

けれど志摩に対してだけは、対してだけは、天宮は不埒《ふらち》な真似は決してしないとわかっているので、「どうした、借金の申し込みか?」

志摩は普通に訊き返す。

「うーん……、そうか、その手もあったか」

「給料日までまだ二週間もあるのに、もう金欠なのか? 相変わらず金遣いが荒いんだな」

「金借りてホテルに泊まってもいいんだけどさ、そこまでするほどのことじゃないからなあ」

「たいした理由でもないなら、オレに頼み事なんかするな」

「や、たいしたことなくはないんだ。今月の末頃に、うちのアパート、工事が入るんだよ。前から給湯システムが調子悪くてさ、調べてもらったら大元のガスと、戸別の給湯器と、両方に問題があることがわかって、アパート全体で順次工事をしてくんだけど、何日かかるか知らんが、その間、給湯器がまったく使えないんだな」

「つまり？」

「悪いけど、その間、志摩ンちの風呂、使わせてくんない？」

「どうしてオレなんだ？　何日もかかるんだろ？　ならばいっそ、恋人のアパートにでも転がり込めばいいじゃないか」

「あれ、知らなかった？　俺、今、フリー」

「恋人じゃなくても、あちこちにいるだろう？」

港、港に、待ってる女が。「日替わりが可能なくらいにさ」

「だってお前、借りたらそれなりの礼をしなくちゃならないんだぜ。三年の担任になって、こんなに日々、心労が嵩《かさ》んで、疲れて帰った先で、恋人でもない女に毎晩サービスしなきゃならないなんてな、拷問のようだ」

「そうですか」

サービス、ねえ。

「その点、トモダチはいいよなあ」

「断る」

「手土産のひとつも持って、――え？」

「友達なら、オレ以外にもたくさんいるだろ」

「えーっ、いいじゃんか志摩、俺たちのアパート、そんなに離れてないんだしさあ」

「そうだな、クルマでたかだか十五分の距離だものな」

歩いたら、軽く一時間はかかるだろう。――充分、遠いぞ。

「なんでダメなんだよ、志摩ァ」

わざとらしく恨みがましい眼差しで志摩を見る天宮へ、

「それは、きみが散らかし魔だから」

志摩もわざとらしく意地悪そうに応えると、「疲れて帰ったアパートで、きみが散らかしたものまで片付ける気力は、オレにはない」

「なんなんだ、そりゃ」

「それに、どうしてもさっぱりしたいなら、運動部が使うシャワーを浴びて帰ればいいだろ。いくら見てるだけで本人はちっとも運動をしない形だけの顧問でも、シャワーを使う権利くらいあるんだから」

「きつう……、容赦ないなあ」

「ということで、お疲れさま、天宮先生」

志摩はカバンを持つと、さっさと職員室から出て行った。

薄暗い廊下に消える志摩の後ろ姿を見送りながら、天宮は複雑な笑みを作る。

志摩の言い分はもっともで、天宮には食い下がるほどの反論は持ち合わせない。

ただ、

「断られるとわかってて、どうして志摩に頼むかね、俺も」

今日に限って、なんとなく、誘いたかったのだ。

実際は、本当は、頼み事なんかどうでもよくて、なんでもいいから口実を作って、彼を誘いたかったのである。志摩のアパートまで送るだけでも、流れで夕飯を一緒にでも、とにかく、なんでもいいから今夜一緒にいたかった。そう、なんとなく、どうしてか、そういう気分になってしまったのだ。——日頃の自分を棚に上げ。

「ははっ。なーにやってんだか」

クルマのキーを手に腕を組み、自嘲《じちょう》の笑みをこぼす。

断られて、当然の当然なのに。

「俺が誘ったりしたから、驚きのあまり、しばし無言だったもんな、志摩」

急に志摩が愛しくなった。

——こんなこと、口が裂けても本人には言えないが、あの頃と同じくらいのたまらない愛情がふつふつと甦って、部活の指導をそこそこで切り上げ（形ばかりの顧問でもそれなりにやってるっちゅーの。現役に比べられたら、さほど動いてないってだけで）職員室までダッシュしてきたのだ。——なんてこと、気づかれるのはまっぴらごめんだったから、いかにも普通を装って声をかけた。

突然の、らしくない自分の行動。らしくない、この感情。

天宮に自覚はなかったが、それはつまり、虫の知らせだったのだ。そして、帰ってゆく志摩を追いかけなかったことを、今夜強引に誘わなかったことを、天宮は後日、海より深く、後悔するのである。

どうやって家まで帰ったのか、よく覚えていなかった。

夕飯の味もよくわからず、大好きなはずのテレビのバラエティ番組も、ひどく遠くにあるようで、面白さがわからない。

けれど、母親にウルサク言われてようやく風呂に入るべく、下着がわりのTシャツを肩までまくしあげた時、洗面所の鏡にチラリと映った自分の背中にギクリとした。――いきなり、現実が、文字どおり、リアルに光へ迫ってきた。

紅く、爪痕《つめあと》が残っている。いくつも、いくつも。

やめろと何度も繰り返しながら、光の体を引きはがそうと、必死で志摩が光の背を摑んでいた。それを不意に思い出した。

途端、羞恥《しゅうち》に、体中が火が点いたように熱くなる。

この紅い筋跡は、あの時の、うっ血の跡だ。――志摩の必死の抵抗の跡だ。

「痛かったんだろうな、先生……」

男同士のやり方は、やり方だけなら、前からなんとなく知っていた。好奇心旺盛な友人たちが、どこからか仕入れてきたエッチ関係の情報に、紛れ込んでいたから。

痛いらしいとか、いや、これがけっこうイイらしいとか、無責任に交わされる説はまちまちで。幸か不幸か実体験の持ち主はいなかったし、でも、だからといって、もちろん、単なる好奇心で試してみたかったわけではない。志摩が好きで、好きで好きで、とても冷静でなんかいられなかった。もう何カ月も、ずっと、そうだった。あんなことをしたらどうなるのか、相手の気持ちとか、自分のそれからの立場とか、事が表沙汰になった時の両親のショックとか、そういう諸々《もろもろ》の普通ならば正常に働く理性的な判断力がどこかへ吹っ飛ぶほど、光はどうかしていたのである。

高校三年生で、今年はもう受験の年で、普通の恋愛だって自粛せねばならないこの時期に、光は志摩のことで心がパンパンで、心だけでなく、体も一杯一杯で、追い詰められた獣が崖から転がり落ちるように、あんなことをしでかしてしまったのだ。

『そもそもな、きみはオレのことが好きかわからんが、オレはそうじゃないんだからな』

——好きを自覚したのはいつだったのか。

最初は単純に、男なのに、高校の先生なんかやってるのに、やたらと綺麗な人だな、と、思っただけだった。それは感想でもあり、ある意味、感動でもあったのだ。

やたらと生徒から人気のある志摩は、なにをしても女の子たちの話題になるし、たくさんのエピソードを耳にするうちに、テレビの芸能人のように、相手は自分のことなんかちっとも知らないのに、やたらと親しくなったような錯覚に陥る、これまたある意味、そのへんに『よくある』状況だった。しかも、女の子が、それで友情を失うこともある『友達の彼氏が好きになるセオリー』、好意を持って語られる噂話ほど、影響力のあるものはない。

いつの間にか、光も志摩を特別な目で見るようになっていたのだから。

自覚したら、恋に堕ちるのは早いもので、バレンタインにチョコを渡している女の子たちが羨《うらや》ましくて仕方がなかったし、調理実習で料理をクラス担任に運ぶ女の子たちが嬉しそうに志摩の元へ料理を届けるのを見ても、羨ましくて仕方がなかった。男女にかかわらず、マジで惚《ほ》れてると公言する輩《やから》も少なくなくて、それでなくても、気が気でなかったのだ。

「でも……。――同じ玉砕するんなら、告白だけにしておけば良かった……」

どんなに欲望が激しく渦を巻いていても、気づかぬふりをし続けていれば良かった。

先生……。

こんなに後悔するとわかっていたら、告白したところで、自分なんかとつきあってくれるはずもなく、年齢差もさることながら、男同士なのだから、相手にもされない現実を、結果を、ただそれだけを、甘んじて受け止めていれば良かった。

志摩先生と仲の良い社会科教師の名前を借りて、人気のない資料室に呼び出して、――力ずくでなんて。

「……ああ」

『きみはオレのことが好きかわからんが、オレはそうじゃないんだからな』

「当然だよな」

嫌われて、当然だ。「俺のしたことって、犯罪だもんな」

『償いに関しては、ゆっくり考えろよ。卒業まで、まだ一年近くあるんだから』

「……償い、かあ」

だが、嫌われている自分にできる償いなど、果たして、あるのだろうか……。


「やった、ラッキー！　今朝の校門チェック、志摩センだあ！」

楽しそうな女の子たちの声が光の脇を小走りに駆け抜けて行く。

「ねえ見て見て、志摩先生。これ、春の新色なのー」

「学校に口紅持ってくるの違反だぞ。嬉しそうに見せてるんじゃない」

「外野は黙ってて。――グロスもあるの、ね、ね、きれいでしょ？」

「こらお前ら！　ここでは校則違反のチェックをしてるんだ。いつまでもたむろってないで、違反者は品物を置いて早く教室へ行きなさい！」

他の教師たちにせっつかれても、彼女たちは動じない。当の志摩は、やれやれと苦笑するばかりだ。

「おっはよ、光」

校門へ続く緩い上り坂を自転車を押しながらのろのろと歩いていた光に、背後から元気に友人が声をかけてきた。

「あ、おはよ……」

ああ、もう、なんだって、選りに選って、昨日の今日で、志摩が校門チェックなんかしてるんだ！

「なに？　ルックス以外の取り柄は元気だけな光が、どうした？　朝っぱらからやけに落ち込んでるじゃん」

「え？　や、そんなこと、ないって」

笑って見せるが、力が入らない。——歩調が更に、遅くなる。

会わせる顔がない。

これは自業自得だから。むしろ、先生が騒ぎたてなかったことが、不思議なくらいなのだ。教師にあんなことをしたら、普通は即刻、退学ではあるまいか。

とてもひどいことをした光へ、

「オレのことはいいから、とにかくもう帰れ」

だが、責めるでもない口調で志摩は言い、狼狽《ろうばい》で立ち尽くすばかりの光の背中を、外へと押し出してくれたのだ。

光が廊下に出ると、背後で社会科資料室のドアが閉まった。——あの後、志摩がどうしたのか、光は知らない。

だから、ずっとずっと、気になっていた。だが、志摩のことがひどく気掛かりながらも、やけに人だかりしている熱気張《みなぎ》る空間には、とてもじゃないが近寄れず、――志摩の前に顔を出す、権利も勇気も、光にはないし、

「ほら、カバン開けて」

光たちは別の教師の校門チェックを受けた。

罪の意識にいたたまれず、自分がここにいることすら志摩に気づかれたくはないけれど、だからこそ、背中で必死に気配を探った。志摩の気配が、恋しかった。

……不謹慎なほど、きれいだった。

罪の意識とは別に、思い出すと、落ち着かない。――あの声や、呼吸の熱さや表情や、肌の滑らかさも、なにもかも、いきなりフラッシュバックしては、容赦なく光を煽《あお》って、息苦しくさせる。

償いも、だけれど、俺はこれから、どうすればいいんだろう。

答えを探すヒントすら見つけられず、人の流れにぼんやりと、光は校舎に隣接する自転車置き場へと進んで行った。

夕暮れに赤くアパートの壁が染まっている。

三階の右の角部屋の窓を見上げて、光はポツリと呟《つぶや》いた。

「ストーカーする人の気が知れないなんて思ってたけど、なんか、ちょっとわかっちゃったかもしれない……」

苦笑して、自転車のハンドルをぎゅっと握りしめた。

ストーカーと違うのは、相手が自分のことなんか、ちっとも好きじゃないと自覚してるってことだ。

「なのに、部屋まで見に来ちゃったよ」

志摩がどんなところに住んでいるのか知りたくて、職員名簿の住所を頼りに、ここまで来てしまった。「学校挟んで俺ン家とは反対方向だったから知らなかったけど、けっこう、近いんだ」

学校から自転車を飛ばして十分くらい。

光の家も、高校からは自転車でそれくらいの距離なので、

「それで先生、自転車通勤してるんだ」

駅周辺数キロ圏内は平地続きだから、校門前の上り坂は別として、行きも帰りもそんなに苦

労なく通勤できる。

　それだけのことなのに、わかっただけで嬉しくなる。志摩の自転車にはギアは付いているんだろうか、そしたらあの上り坂も楽勝だよな、とか、余計なことまで考え始める。

　駐車場の隅、人目を憚《はばか》るようこっそりと、物陰から部屋を見上げた。淡い色のカーテンが引かれた、住人不在の窓。

　やがて光はちいさく溜め息を吐くと、

「帰ろう」

　ハンドルを、元来た道へ戻した。

　力いっぱいペダルを漕《こ》ぎながら、むきになってペダルを漕ぎながら、止めようとしても、どうしても落ちてくる涙を、風に吹き飛ばそうとした。

　相手にされていないとわかっているのに、想いは冷めるどころか募ってゆく一方で、あれからも志摩は、本当に何事もなかったかのように光に接する。

　校門チェックに志摩がいたあの朝、教室にカバンを置いてすぐに、英語の辞書を忘れたことに気づいて友人のクラスにレンタル願いに行く廊下の途中、光は前方からやってくる志摩をみつけてしまった。

　たくさんの生徒が、彼に朝の挨拶《あいさつ》をしては通り過ぎていく。

「……なんで？」

さっきまで校門にいたのに、どうして？

不意打ちに、心臓が、口から飛び出しそうになる。――情けなくも、膝《ひざ》がガクガク震えて止まらない。

ふと、彼の視線が光に止まった。

どんな表情をされても決して傷つくまいと奥歯を嚙みしめた時、彼は他の生徒に対するのと全く同じ口調で、

「おはよう、海野」

少し低めのひんやりとした（光が大好きな）声で、普通に挨拶をしながら、光の脇を通り過ぎて行った。

え？

呆然と、光は志摩の背中を振り返る。

まるで昨日のことなどなかったかのような、そんな錯覚にとらわれるほどに、志摩の態度は普通で自然だったのだ。

『おはよう』

普通に送られた挨拶が、どうしてかやけに、辛かった。

嫌われて、露骨に避けられていた方が、もしかしたら、何倍も増しだったのかもしれない。

昨日のことも、きみのことも、たいして気にしていないよ。と、宣告されたようで、この恋はどうにもならないのだと、大人な彼から軽くあしらわれたようで。

――あれからまだ数日しか経っていないのに、志摩に乱暴したあの日のことは、夢か幻のような気さえしていた。

「でも、好きなんだ……」

もう二度と本人に告白などできないから、風にどこかへ吹き飛ばしてもらおう。

嫌いになれない。忘れることも、できない。

「好きなんだ、先生」


「あれ、光、また今日も駅前の本屋、寄ってくんだ?」

校門を出てすぐに、友人に訊かれた。

「え、えと。さ、探してる参考書がなかなか見つかんなくてさあ」

苦しい言い訳を返しつつ、光は自転車を引きながら、駅までの道を電車通学の友人と歩いてゆく。

「理由なんかなんでもいいけどさ、俺たち、いつもは校門で右と左じゃん、家、別方向だからさ。それってちょっと残念かなあと、実は思ってたわけよ」

「え、なんで？」

「光と一緒に歩いてると、女の子たちがチラチラ注目するだろ？　それが俺的にはお得な感じでさ、だからだよ」

これっぽっちのジェラシーもなく、友人が笑う。

女の子にもてまくりの友人と一緒にいるなど、普通は引け目を感じるものだが、こと、光に限っては無問題。外見ほどには中身がイケてないことは、同じ学校の生徒ならばかなり知られた事実なのだ。引きはあっても、続かない。むしろ、光に幻滅を感じた女の子たちは、近くにいる自分たちへと流れてきてくれるのだ。——故に、こんなルックスをしているのにもかかわらず、良くも悪くも光は男友達に嫌われないし、敵愾心《てきがいしん》も持たれない。もちろん他校の生徒はそんなこと知っちゃいないので、パッと見の良さは、効果てきめん。

今日も今日とて、友人の目論《もくろ》みどおりの展開で、遠くから興味有り気に見ているだけじゃなく、積極的に声をかけてくる子もけっこういて、中でもとびきり可愛い女の子数人と、一緒にファーストフードでお茶をして、携帯の番号を交換したりする。

ドキドキしながら、光は志摩の言葉の続きを待つ。

「気をつけて帰れよ」

だが、光の危惧《きぐ》をよそに、なら泊まって行けよ、とは、志摩は言わなかった。——明日は日曜日なのに。

思うほどには『親しい間柄』じゃ、ないのだろうか。

ちょっぴり安心(?)して、

「あ、先生、俺、俺も、失礼します」

天宮が帰るのをきっかけに自分も帰ろうとした光に、

「こら海野、食い散らかして帰るんじゃない。自分が使ったコップくらい洗って行け」

と、理不尽な命令が下された。

食い散らかしたのは天宮も同じなのに。の、不平は、おとなしく却下する。同僚教師の天宮と、ひよっこな自分を並べるだなんて、十年早いからだ。

「志摩、未成年をコキ使うなよ」

からかいながら靴を履く天宮へ、

「昼食を生徒に買いに走らせる天宮に、そんなこと言われたくないね」

腕組みをして、志摩が反論する。

「そりゃそうだ」

からからっと笑った天宮は、「風呂、サンキューな。助かったよ。それと、ピザ、ごちそうさん」

志摩に礼を述べると、室内でかしこまっている光へ、「じゃあな、海野。お前も気をつけて帰れよ」

笑いながらバイバイと手を振られ、光はぎこちなく、会釈を返した。

ひとり取り残される、不安と、戸惑い。

そんな光の気持ちを知ってか知らずか、志摩は容赦なく光に片付けの山を提供してくれる。

家でも滅多に洗い流しなどしたことがない光の、危なっかしい手つきに散々注文をつけながら、なんだかだと、自分の分のみならず、ついでに全員分の洗い流しをさせられた光に、ご褒美と称して、志摩が缶ビールを差し出した。

「えっ、でも俺、未成年なんですけど」

高校の教師が生徒に飲酒を勧めるなんて、どうかしている。「非常識だよ、先生」

「生徒が教師を強姦する方が、よっぽど非常識だろ」

悪びれない志摩は強引に、光を晩酌につきあわせた。おまけに、ビールを片手に、頼みもしないのに、ざっと部屋を案内してくれる。

嵐に翻弄《ほんろう》される小舟のように、光は心許なく、狼狽を引きずったまま、志摩の後ろをついて歩いた。

天宮が使ったばかりのユニットバス。

「珍しく、キレイに使ったじゃないか」

の一言に、またしても気持ちがざわついてしまう。

親しくないのに、そんなことまで知ってるんですか？

あてつけが口を衝いて出てきそうな、衝動と闘う。

稚拙《ちせつ》でも、これが嫉妬《しっと》というものだと、自覚していた。

仲の良い同僚。新卒で同期で着任してからずっとのつきあいだろうから、もう六年ものつきあいで、それは当然、光が志摩を知る以前からのつきあいで、仲の良い友達なら光にだってたくさんいるし、風呂を借りたり貸したりなんてちっとも特別なことではないのだが、志摩の、からかい混じりの親しげな口調に、嫉妬を感じた。

そんな権利、俺にはないのに。

「で、ここが寝室」

「――あ」

葛藤《かっとう》だらけの光を直撃した、目の前の光景。

すっきりとした印象の、志摩の寝室。きちんとベッドメイクされている、光のシングルベッドよりは大きめの、ベッド。

「オレ寝相が悪いから、セミダブルでないと、冗談じゃなく、落ちるんだよ」

軽く笑いながら、志摩が言う。

よもや、前科のある光に寝室まで見せてくれるとは、思わなかった。

これは、マジで、本当に、この前のことは気にしてないよ、と、きみのことは相手になんかしてないよと、そういう、暗に含んだメッセージなのだろうか。

だとしたら、光も平静を装うしかない。

志摩が毎晩使っている、ベッド。——あそこで、恋人と過ごすことも、ある、んだろう、な。

いや、志摩に恋人がいるかどうかは知らないが、結婚の相手はいないと言ってたけれど、結婚相手と恋人は別かもしれないし、いや、誰かとじゃなくて、ひとりでだって、いやいやいやいやや！

「寝相が悪いなんて、先生、落ち着いてるから、とてもそうは、見えないですけど」

必死に、なにも感じてないふうを装って、光は言った。

光の懸命な努力はともかくも、志摩は至ってマイペースに話を続ける。

「しかもスプリングが弱いと、寝つけなくてね。これ、イイヤツなんだぞ」

ベッドに腰掛けた志摩が、ポンポンとマットレスを叩くので、つられるように光もベッドに腰掛けて、

「本当だ、ちっとも沈まない」

うっかり感触を確かめてしまった。

そして、ハッとする。

薄暗い寝室、ベッドに並んでふたりきり。

鼓動がドンと跳ね上がる。

「海野、そんなに両手でぎゅっと持ってたら、あっという間にあったまっちゃって、ビール、まずくなるぞ」

横からビールを取ろうとする志摩の指が触れそうになった瞬間、反射的に身を引いた光は、うっかりビールを落としてしまった。

慌てて床に転がったビールを拾おうと、同時に手を伸ばした光と志摩。指先が重なり、視線が合い、——緊張の糸が切れるように、光は志摩を抱きしめた。

口唇を合わせ、床の上、熱に浮かされたように志摩をまさぐる。

どうしてか、志摩は拒まない。

二度目のセックスは、気が遠くなるような快感を光に与えた。

「もう、十一時か……」

掠《かす》れた声が、やけになまめかしい。「海野、時間が遅くなったから、今夜は泊まって行け」

「え？　でも別に俺、女の子とかじゃないし」

遠慮する光に、

「犯罪に男女は関係ないんだよ。こんな遅い時間にひとりで帰らせるわけにいかないだろ。送ってやりたいところだが、オレは天宮と違って、クルマを持ってないんだ」

「大丈夫っすよ、俺、チャリだし、飛ばせばきっと、家まで二十分かかんないし」

「ほら、電話」

問答無用で志摩に枕元の子機を渡され、光は仕方なく、家に電話した。

「なにやってるの、こんな時間まで、連絡もしないで」

母親の声に、光はさすがに気まずさが隠せない。

自分は今、素っ裸で、いたした直後で、隣りには、恋しくてならない人が、やはり全裸で、じっと様子を見守っているのだから。

「ごめん、あの、今、友達ん家で、ちょっと盛り上がっちゃって、みんなで泊まることになったんだ。だから、その」

「それならそうで、もっと早くに電話しなさい。携帯は家に忘れて行くし、いくつになってもしようがないわね」

「ごめん、母さん」

「明日はあんまり遅くならないうちに帰って来なさいよ。いいわね」

「うん」

「それから、よそのお宅で騒いで迷惑かけないようにね、わかった？」

「うん」

「じゃあね」

「うん」

電話が切れたと同時に、志摩が爆笑した。

「……笑い過ぎだよ、先生」

「すごいな、幼稚園児並みの扱いだ」

「母さん、声、デカ過ぎ」

あれでは、丸聞こえである。——一番、聞かれたくなかった人なのに。

気落ちした表情で子機を返す光に、

「そんなにオレが好きなのか？」

笑いを止めて、志摩が訊いた。

体を繋げながら、やはり、一度目の時と同じく、熱病に浮かされた患者のように、何度も何度も志摩へ告白を重ねた光。

改めての問いに、即座に光は、大きく頷《うなず》く。

「テストの成績はともかく、そんなに愚かじゃないはずなのに、馬鹿な選択をするなあ、きみは」

半ば呆れながらも、やれやれと首を振った志摩は、けれど、「ごっこなら、つきあってやる」と言った。

「ごっこ？　って？」

「ちいさい頃にやっただろ、お医者さんごっことかお店屋さんごっことか。オレたちがするのは、恋人ごっこ」

「恋人……ごっこ」

「ただし期間限定だ。きみが卒業するまでなら、つきあってやってもいい」

「先生！」

瞬時に瞳を輝かせた光に、

「それと、もうひとつ。期間限定は卒業までだが、もしその前にきみがごっこに飽きたり、オレがつきあいきれなくなったら、期間を待たずに終わりだからな。それでもいいなら、つきあってやるよ。——わっ！」

光は志摩をぎゅっと抱きしめて、

「なら、今夜から先生は俺の恋人ですねっ！」

嬉しさに、天にも昇らん勢いだ。

なのでしっかり、釘を刺す。

「ごっこでも、まわりにバレたら大変なことになるんだからな、その辺、ちゃんとしろよ」

「はい！」

「だからもう、毎日オレのアパートなんか見に来るな。そんな時間があるなら、ちゃんと受験勉強しろ」

「——あ」

バレてたんだ。

「成績が落ちたのをオレのせいにされたりしたら、オレはひどい迷惑だよ。その上受験にまで失敗されたら、寝覚めが悪くてしようがない」

そうか。だから、つきあってくれるんだ。

「それでなくてもたいした成績じゃないんだ。とはいえ、まるきり素質がないわけじゃないんだから、この一年くらい死ぬ気で勉強しろよ」

なんだ、そうか。……気持ちが通じたわけじゃないんだ。

でも、それでもいい。

動機なんかどうだって、たとえ期間限定でも、たとえそれが『ごっこ』でも、志摩が自分の恋人になってくれるのだ。

「ちゃんと勉強しますから、その……」

奇跡のような出来事に、気持ちは勝手に浮かれてゆく。

「なに?」

「あの……」

図々しいのを百も承知で、「と、ときどき、デート、してくれますか?」

勇気を振り絞って尋ねると、

「気が向いたらな」

素っ気ないながらも、志摩が頷いてくれた。

——やりっ!

「それと、あ、あの、もう一度、いいですか？」

「なにが」

訊きながら、変化しつつある光の一部を肌に感じて、志摩がちいさく笑った。

飼い主に『待て』をされ、ひたすら我慢してじっとしている大型犬のように、強引に動こうとはしない光に、その若い背中を、

「あまりがっついてやるなよ、もう三度目なんだから」

微笑みのまま、志摩はゆっくりと引き寄せた。


「でもそれって、つまり、なにも変わらないってことじゃん？」

誰にも知られず恋人ごっこをするってことは、日常、特別なことはなにもないって、ことである。「それどころか、もしかして俺、前より気の毒？」

そうなのだ、アパート日参、禁止されてしまった。

その上、校内でだって親しく話せるわけでなし、デートの約束はしてないし、

「次、いつ会えるんだ……？」

月曜日の放課後、帰宅部の生徒たちで賑わう自転車置き場で、光は呆然と呟いた。

こんな大事なことに今頃やっと気がつくなんて（ちゃんと昨日の、日曜日のうちに気づいていたら、次の約束を取りつけてから帰宅したのに）我ながら、なんてマヌケなんだろう。

次の約束がないということは、あれきりバイバイ、かもしれない、ということでもあり、

「俺、実は、大人の方便ってヤツで、あっさり丸め込まれちゃったのかなあ」

志摩は、恋人ごっこだなんて言い出して、光をぬか喜びさせておき、実は遠ざけたかったのだろうか。

いや、

「志摩先生はそんな人じゃない」

光は大きく首を横に振って、サドルにまたがる。

他人を騙《だま》すとか適当にあしらうとか、志摩はそんなことをする人じゃない。

『この一年くらい、死ぬ気で勉強しろよ』

「あ……」

そうだった。

決して強制はされなかったものの、嫌みとか皮肉とか、そういうことでもなく、むしろ、

『とはいえ、まるきり素質がないわけじゃないんだから』

そうだ、そう言ってくれたのだ、志摩は。

素質がないわけじゃないんだから、この一年くらい死ぬ気で勉強しろよ、と。

そうだった。

光は自転車を止めて地面に片足を着くと、校舎を振り返った。


「志摩」

人気のない渡り廊下の途中で、天宮が志摩の腕を引いた。

「お、びっくりした」

いきなり腕を摑まれて、志摩が驚く。「音もなく背後から近づくなんて、悪趣味だぞ、天宮」

忍者のようだな、と、笑う志摩へ、

「今夜、夕飯、奢《おご》るよ」

目茶苦茶ストレートに天宮が誘った。

「は？　なんだい、いきなり」

「部活が終わってからだから八時くらいになっちまうけど、土曜日の礼。風呂と、ピザの」

「困った時はお互い様だろ？　いいよ、礼なんか」

「もしかして、先約があるのか？」

「そんなものはないけど、――おかしいぞ、天宮？」

プライベートではそんなに親しくないというのは、まったくもって、事実であった。

天宮は志摩と『ふたりきり』になりたくなかったのだ。ずっと、もう、高校卒業と同時に疎遠になってから、いや、高校三年に進級した春に、受験勉強を理由に天宮から別れを告げられてから、ずっとだ。

フェミニストな天宮は、ついに別れの本当の理由を志摩へ言うことはなかったが、言われずとも、志摩にはわかっていた。志摩にすれば、それはとても切なくなるような理由で、優しい天宮は、だから、本当のことは、決して口にしなかったのだ。

ふたりして、受験勉強の為だなんて、陳腐な理由でケリをつけた。

志摩にすれば、むろん嫌いで別れたわけではなかったから、天宮を忘れるのに何年かかかったが、偶然、新卒で、この高校で天宮と再会した時には、きれいさっぱり、していたのだ。

だが、天宮が、引きずっていた。

天宮はもう、二度と志摩に近づきたくなかったのだ。嫌うというより、警戒されていた。あの頃と同じ思いをするのは、絶対に御免だったんだろう。

わかっていたから、志摩も必要以上に天宮に近づかなかったのだ。

それなのに。

「なあ志摩、ちょっと気になってるんだが、土曜日の夜、海野は何の用があって志摩のアパートに来たんだ？　海野のクラスって、お前の担当外だよな」

「あのアパートに知り合いでもいるんじゃないのか？　なんにしろ、オレも詳しいことは知らないよ。配達には、うっかり巻き込まれたようだけれどね」

笑う志摩に、そりゃ一目瞭然てヤツだな、と、天宮も笑う。

「確かに、志摩に用があるようには見えなかったけどな」

ピザを一緒にと誘ったのは志摩だし、天宮が帰る時に便乗して帰ろうとしたし。——ふむ、これは懸念が過ぎたかな。「で？　結局、片付け、やらせたのか？」

「それは、もちろん」

「帰るのが遅い時間になって、あいつの家の方、大丈夫だったのか？」

志摩は天宮をじっと見て、

「天宮、心優しき教師モード中に悪いけど、オレにばかり質問するな。オレも天宮に訊いただろ。おかしいぞ、このところ」

風呂を貸してくれだの、夕飯を奢るだの。いつもの警戒心はどこへ行ったんだ？　それとも、

「天宮の同情を誘うほど、そんなにオレは哀れに見えるのか？」

今でもまだ、そうなのか？

「や……、そんなんじゃない」

「なら、なんだよ」

「俺たち、やり直さないか、志摩？」

「え？」

摑んだ腕を引き寄せて、

「やり直そう、志摩」

天宮は志摩を抱きしめた。


静かで、広くて、明るくて、空調が利いてて、そんなに人もいなくて、わからないことがあったら階下の職員室へ行けば誰かしらに訊けるし、で、

「けっこうイイかもしんない」

光は密かに、満足していた。

　死ぬ気で勉強とか、急に言われてもどうしていいかわからないので、成績の良いクラスメートに相談したところ、情けなくもライバルと見なされていないのがありありだが、彼は、自分は放課後、図書室で勉強しているのだと教えてくれた。もっとも彼の場合、その後の予備校に行くまでの時間調整も兼ねているのだが。一旦、学校の外へ出てしまうと誘惑は多いし、どうにかまっすぐ家に帰れたところで、勉強しようとしても、テレビの誘惑やら睡眠の誘惑やら、とにかく、コンスタントに勉強する時間を確保するには図書室がいい、のだそうなのである。

　ということで、手初めに宿題をやることから始めてみた光だが、慣れてくると余裕も出てきて、部屋の本棚で埃を被っていた問題集を持参して、毎日少しずつ、ページを進めていた。

「ほう、感心感心」

　いきなり耳元で声がして、光はギョッと、息を呑む。

　いつの間に現れたのか、志摩が隣りの席に座っていた。

　耳たぶまで一気に赤面する。

　いろんな意味で禁欲生活を余儀なくされている光にとって、久しぶりに間近で見る志摩は、目が眩《くら》むほどキレイだった。

「オレがここに座ったのにも気づかないほど勉強に集中してたなんて、更に感心だな」

　図書室では私語厳禁、なので、囁《ささや》くような小声で言いながら、志摩が微笑む。

放課後の図書室で勉強している生徒なんてほんの数人。しかも各人、自分のことに没頭しているのが普通なので、ありがたいことに、図書室に志摩が現れても、取り立てて、誰も注目していなかった。

会ったら、話したいことがたくさんあったはずなのに、なんてこったいここは図書室で、しかも、心臓バクバクで、光は赤面したきり、ろくに口がきけなかった。

「そういえば海野、ちゃんとケータイの電源、切ってあるんだろうな?」

出し抜けに訊かれて、

「え? あ、あれ?」

どうだったか自信のない光は、慌ててカバン代わりのリュックから携帯電話を取り出した。

画面を確認しようとした矢先、

「へえ、今日は家に忘れてないんだ」

志摩が電話を横取りする。

「そ、そんなに毎日、忘れ物ばかりしてませんっ」

「幼稚園児じゃあるまいし、って?」

くすくす笑う志摩は、「電源は落としてないが、ちゃんとマナーモードになってるな。よしよし」

「ああ、良かった。――って、先生、なにやってんすか」

勝手にボタンをいじっている。

「決まってるだろ、メモリーチェック」

――コイビトなんだから当然だろ？

口の動きだけで続けられたセリフに一瞬ドキリとしたものの、喜んでばかりいられない匂いがした。なんだかとっても『コイビト』を体《てい》よく利用されたような気がして、いや、それは決して気のせいなんかではなくて、取り返そうとする光の手を巧みに避《よ》けて、志摩は更にあちこちいじる。

「よせってば、ちょ、先生っ」

焦る光をからかうように、

「図書室では静粛に」

言って、志摩は光に携帯を戻した。

「もう、なんだよ」

おかしなことをされてやしないかと急いで画面を見ると、そこに見慣れぬ十一桁《けた》の電話番号が並んでいる。「こ、これって、もしかして……！」

慌てて周囲を見回したが、図書室のどこにも、既に志摩の姿はなかった。

大事な電話番号をゲットした時にいつもしているように、反射的に光は発信ボタンを押していた。――これでちゃんと、発信履歴に電話番号が残る。ぼやぼやしている間に他から電話がかかってきたら、入力画面の電話番号は瞬時に消えてしまうので、ぐずぐずメモを取るよりなにより、発信ボタンを押すのが手っ取り早くて有効なのだ。

だが、押してしまってから光はヒヤリとした。

うっかり繋がっちゃったら、校内で携帯電話をかけるなと志摩に叱られそうである。急いで切ろうとした途端、

『もしもし?』

スピーカーから、ちいさな志摩の声が聞こえてきた。

切れない。

こうなったら、叱られたとしても、切りたくない!

光は急いで図書室のベランダへ出ると、

「もしもし、先生?」

それでもやっぱり、小声で話した。

「あ。なんだ、海野か」

なんだ、の一言にこっそり傷ついたが、この際、横へ置いといて、

「先生、電話番号、教えてくれて、どうもありがとうございます」

ずっと不安だったから、すごく、嬉しい。

「オレとの約束を守ってこのところ頑張ってるようだから、ご褒美に教えてあげることにしたんだよ」

「あの、あの、これ、かけてもいいんで、すか?」

「今、かけてるじゃないか、きみ」

「そ、そういう意味じゃなくて、——あの……」

教えてくれるにしても、いざという時だけしかかけちゃいけない、とか、いろいろあるではないか。しつこくして、嫌われたら、それこそ辛い。

言い淀む光に、志摩はくすりと笑って、

「いいよ。どうせ、都合の悪い時には留守電になってるんだから、かけたくなったら、かけていい」

「でも俺、かけたくなったらかけていいなんて言われたら、そしたら俺、毎日どころか、一日に何度もかけちゃいそうなんですけど」

「ははは」

「先生」

「――ん？」

「ありがとう」

「なんだ？　礼ならさっき、言われたぞ」

だって、すごく不安だった。

「俺、勉強、頑張るよ」

「ああ、引き続き、是非そうしてくれ」

先生。

「あの……」

先生。

「――そうだ。今度のテストの成績が前回よりも良かったら、どこか行くか」

えっ!?

「そそそれって、でえと、って、こと、ことですか？」

「前回よりも良かったら、だよ」

「やたっ！　やった！　うん、行く！」

「悪かったら、一カ月間電話禁止」

「えーっ!?」

「だから、頑張りなさい。それじゃあな」

プツッと素っ気なくラインが切れた。

光はしばらく電話をみつめて、

「天国と地獄だあ」

愚痴《ぐち》りながらも、顔がにやける。

履歴に残った、志摩との通話記録。

「恋人ごっこ、本当だった」

担がれてなかったとわかって、しあわせでたまらない。


「昔ふった恋人に復縁を申し出たら、返ってきた答えが『なんの為に？』だったの？」

へえ、それはお気の毒。

「どう思う？」

深刻なのか、深刻ぶってるのか、いまひとつ判断に迷うくわせ者の美男子が、眉を寄せて、校医に訊いた。

一気に脱力。「なんだ……」

今、都合が悪いんだ、先生。

十時、――こんな時間に、なにしてるんだろう。

「……そりゃ、いろいろあるさ。先生、大人だし」

『用件のある方は、メッセージをどうぞ』

こんな時、どんな伝言を残せばいいんだろう。

「あの、こんばんは。……あの、えっと、きょ、今日はありがとうございました。ちょっとでも会えて、嬉しかったです。おや――」

すみなさい、と、言いかけた途中で、録音時間が切れてしまった。

無意識に、溜め息がこぼれた。

かけ直す気力は到底なくて、光は学習机の上に携帯を置く。

「……受験生って、普通、何時くらいまで勉強すんのかな」

閉じたばかりの問題集を開き直して、問題を眺めても、出てくるのは溜め息ばかり。

その時、出し抜けに携帯が鳴った。

腑《ふ》抜《ぬ》けていた光はそれはそれはギョッとして、

「――び、びっくりした」

携帯を手に取った。「あ……」

画面に、くにあき、の文字。

「わっ、わわわ」

動揺で、一瞬、どのボタンを押すのか、わからなくなる。「もっ、もしもしっ！」

「すまなかったな海野《うみの》、ちょうど風呂に入ってたんだ」

「……先生」

さっきまであんなに緊張していたのに、声を聞いたら、なんだかやけにホッとした。――志摩がかけ直してくれるなんて、夢にも思ってなかったから。

「どうだ、少しは勉強、はかどってるか？」

「うん。やってるよ、地道にだけど」

「わかんないところがあったら、遠慮なく職員室へ質問に来いよ」

「えっ？　先生、教えてくれるんですか？」

「職員室の中でだったらな」

「うわ……。でも、いいのかな」

「なにが」

「だって先生、学年が違うじゃん」

「確かに三年は受け持ってないけどな、そんな悠長なこと、フツウ言わないぞ受験生は。去年の三年もそうだったが、切羽詰まってくるとな、目についた教師を片っ端から掴《つか》まえて、質問攻めだ」

図書室で勉強している時に、わからないことがあったら階下《した》の職員室へ行けばいいとは思っていたが、それでも、志摩には訊いてはいけないと、思っていた。志摩には、気安く話しかけたり、できないと、思っていた。学年違いの先生に質問するなんて、それは不自然なことだと思ったからだ。――でも、そうじゃなかった。

「俄然《がぜん》、やる気、出てきた」

光の前向きな呟《つぶや》きに、志摩が笑った。

「でもな海野、やる気も大事だが、睡眠も大事だからな。ちゃんと眠らないと、脳が働かないから。せっかく頑張って勉強しても、脳が処理しきれなかったら水の泡になるんだから、毎日ちゃんと、眠るんだぞ」

「わかった。ちゃんと寝て、ちゃんと勉強する」

死ぬ気で頑張る。「だから先生、俺、会いたい。デートとかじゃなくて、そんなちゃんとしたのじゃなくていいから、今日みたいに一瞬でもいいから、電話じゃなくて、先生の顔見て、話がしたい」

「したいのは、話だけか？」

からかうような、意地悪な口調。

素直な光は、電話なのにドッと赤面して、

「ちが、違うけど、そうじゃないけど、俺、話もしたいんだよ」

だって、志摩のこと、なにも知らない。

志摩がどんなふうに毎日の夜を過ごしているのか、どんな食べ物が好きで、どんなテレビ番組が好きで、どんなゲームが好きで、どうして学校の先生になったのか、とか、どうして、――どうして、あんなことをした光を責めもしないで、ママゴトみたいな稚拙《ちせつ》な光の初恋につきあってくれているのか、とか、知りたいことが、たくさんあった。

「だって俺、先生のこと、好きだから、先生のこと、もっとたくさん、知りたいんだ」

「海野に一方的に知られるってのも、ちょっとなあ」

「先生がっ、――先生が俺に興味ないのは、そりゃ、しょうがないけどっ」

『きみはオレのことが好きかわからんが、オレはそうじゃないんだからな』

あの一言も、償いの、ことも、どんなに光が浮かれていたって、決して忘れたわけじゃない。

「最近やったゲームで、なにが一番面白かった？」

「え？　――は？」

「ゲームだよ、やるだろ、テレビゲーム」

「や、やります、けど?」

「面白いの、なかったのか?」

「ありました」

「それ、借り物じゃなくて、海野のか?」

「俺の、です」

「攻略本は?」

「ありますけど」

「じゃ、攻略本とセットで、明日、こっそり学校に持ってきなさい」

「はあ?」

でもそれって、校則違反では……?

「明日は朝の校門チェック、ないからな」

「先生」

「なんだ?」

「ゲーム貸すのはいいんですけど、先生、本体持ってます?」

志摩の部屋に、そんなもの、あっただろうか?

「見損なうな、プレステくらい、持ってるよ」

「ゲームボーイなんですけど」

志摩が、黙った。

「……小学生じゃあるまいし」

負け惜しみとも取れる口調に、光はうっかり吹き出してしまった。――すごい、かわいい。

電話の向こうで志摩がムッとしたのが伝わってくる。

「ゲームボーイがなんだ、それくらい――」

「先生、ゲームボーイって、カラーとかアドバンスとか、いろいろ、何機種かあるんです。だから、俺、今、使ってないし、勉強しなくちゃだから、遊んでる暇ないし、だから、明日、本体も一緒に、あ、やたらと電池食うんで、家庭用のコンセントと繋げるケーブルとか、その、あの、やっぱ、荷物たくさんになっちゃうし、学校には持って行きにくいんで、あの、――ほ、明日の放課後、一度家に戻ってから、一式持って、先生のアパートまで届けてもいいで、すか？」

言ってる途中から、またしても、膝が震えだした。

光の問いかけに、沈黙が応じる。その沈黙に、光は怒濤《どとう》のように後悔した。

やっちまったかもしれない！

「ず、図々しくて——」

すみませんでした！　の一言が、

「明日、歓迎会なんだよ」

の、志摩のセリフと重なった。

「はい？　——え？」

「飲み会、飲み会。今年、新卒でひとり、入ってきただろ？　その先生を囲んで、駅前の居酒屋で歓迎会をするんだ。帰り、遅くなるだろうから、明日はなあ」

——良かった。怒ってない。

「わか、わかりました。俺、明日、こっそり学校に持って行きます」

「明後日も明々後日も、今週はどこもやけにたてこんでるが、土曜日なら、夕方に帰れる」

「……先生？」

土曜日って……。

「来るか、海野？」

光は大きく頷くと、

「はい！」

と、応えた。

それなりに小ぎれいな居酒屋のトイレ、用を済ませ流しで手を洗っていた志摩は、いきなり横からどんと押されて、個室へ足を踏み入れた。

「なにするんだよ、危ないだろ天宮！」

振り返りざま、怒鳴りつけると、

「よくわかったな、俺だって」

後ろ手でドアを閉めて、天宮が笑う。

「匂いでわかるさ。宴会となると、そんな高いコロン、じゃばじゃばつけるの、お前だけだって」

「匂いで俺がわかるなんて、光栄だなあ」

言いながら、天宮が抱きついてくる。

きついコロンに、かなりアルコールの匂いが混じり、匂いだけで悪酔いしそうだった。

「志摩、——志摩」

「離せよ、天宮。なにするんだよ」

トイレにも賑やかなBGMが流れている。助けを呼びたいところだが、ちょっとやそっとの声じゃ、店内まで届かないだろう。

「なあ、俺とやり直そう、志摩?」

「だから、その話は断っただろ」

「好きだ、志摩」

「お前、飲み過ぎ、——あ」

きつく志摩を抱きしめる天宮の腕の片方が、するりと下へ滑り落ち、志摩のズボンのファスナーを降ろす。「ばっ、ばか、なにするんだよ!」

こんな所で、こんな時に!

「志摩が本気にしないから、今から証明するんだよ」

酔っ払いは言いながら、下着の中へ指を入れる。

「よせって!」

志摩は全身で天宮を押しのけると、ドアのカギを外そうとした。

その手を、体ごと引き戻される。

壁に押しつけられ、口唇を吸われた。

懐かしい、感触だった。十年前の時間が一瞬にして戻って来たような、変わらない天宮のキス。

「あ、まみや……」

違っているのは、動きに執拗《しつよう》さが増したことと、志摩にあの時のような気持ちの昂《たか》ぶりがない、ことだ。

煽《あお》られない。

「止せよ、……天宮」

天宮の手に握り込まれても、あの時のような、衝動が起きない。

「感じるだろ、志摩？」

天宮の呼吸が上がっている。

「感じるさ、……でも、その気には、なれない」

「すぐにその気にさせてやるから」

体の熱とは反対に、気持ちはどんどん冷えてゆく。

やむを得ず、志摩は靴先で天宮の向こう脛《ずね》を蹴飛ばした。

「うっ……」

硬直した天宮の隙をついて、志摩は個室の外に出る。幸いにして、外には個室順番待ちの人も、使用中の人もいなかった。

「し、志摩、なにすんだよ」

イテテテ。

と、向こう脛《ずね》をさすりながら顔を歪《ゆが》める酔っ払いに、

「きみが実力行使なら、オレも同じことをする。酔っ払いに理屈は通じないだろうから、きみが素面《しらふ》に戻ったら、きっちり話をつけさせてもらうからな」

手早く衣服を整えた志摩は、言い捨てて、トイレを後にした。

店への短い廊下を歩きながら、さほど酔ってもいないのに、廊下の壁に肩をぶつけた。——足が、ぐらりとふらついた。

「ははっ、間一髪だ」

弱く笑って、トイレを振り返る。

ここで天宮に追いかけられたら、このザマを見られたら、力ずくで引き戻されたら、気持ちはなくても、流されてしまうかもしれない。

志摩は拳を握って壁から体を離すと、甦った感触をリセットしようとするかのように、歩き出した。その時、胸ポケットの携帯が鳴り出す。

志摩は携帯の画面を見ると、安堵《あんど》したように微笑んだ。

息急き切って、光が歩道橋の階段を駆け上がって来る。

「早かったな」

腕時計を見て、志摩が笑った。

「も、そりゃ、もう」

ぜいぜいと肩で呼吸《いき》をして、額の汗を綿シャツの袖口で拭《ぬぐ》った光は、「さん、三十分しか、時間ないって、言うから、競輪の選手、みたいに、チャリ、走らせてきた」

その自転車を歩道橋のふもとに乗り捨てるようにして走ってきた光に、薄暗い歩道橋の上で下の国道を流れる車列をぼんやり眺めていただけの志摩は、冷たい缶ジュースの一本でも買っておいてやれば良かったかな、と、思っていた。

「歓迎会、終わった、んですか?」

志摩の隣りに並んで立つ光は、志摩より少し、背が高い。

私服で、ここはこんなに薄暗くて、肩を並べていても、きっと誰も、高校の教師と生徒だなんて、思うまい。

「一次会は終わったよ。二次会にまでつきあう元気はないからな、抜けてきた」

「すげ、年寄りクサイ発言」

からかう光に、

「きみとは十歳も違うからね、多少は発言も年寄りクサクなるのさ」

志摩は苦笑混じりに応えた。

「ごめ、そんなつもりで、俺……」

慌てて謝る光へ、

「気にしなくていい。単に事実を述べただけだから」

「先生……?」

歩道橋の桟《さん》へ肱《ひじ》をついて、志摩が車列を眺める。

その隣りで、光も夜景を眺めた。志摩の綺麗な横顔に、気ぜわしくなってることを、極力、気づかれないよう注意しながら。

「さすがに夜の風は冷えるな」

ポツリと、志摩が言う。

数秒考えた後、不自然にならないように、ぎこちなく、ならないように、光は志摩の肩に腕を回した。

「海野。肩に手を置かれただけじゃ、ちっとも寒さは変わらないよ」

「え？　あ、そ、そうですよね」

だが、引き寄せてしまって、そんな、恋人みたいなことをしても、いいんだろうか？

「なにを今更、遠慮するんだ？」

セックスまでしてるのに、おかしなヤツだな。

笑われて、却《かえ》って気持ちは軽くなった。

引き寄せると、志摩の頬が光の肩に落ちた。

体の側面が触れてるだけなのに、とてもあたたかい。

「こうしてると、恋人っぽいだろ」

「うん」

「……悪くないな。海野、なんの匂いだ？」

「え、俺、なんか匂いますか？」

「もう風呂、入ったのか？」

「はい、一応」

あんなに汗をかいたから、帰ったらもう一度、入り直さないとならないだろうが。

「これくらいがいいな」

「なにがですか？」

「別に。――さてと、そろそろ三十分だな」

頭を起こした志摩の目に、残念そうな光の表情が映った。が、志摩に気づかれないよう、瞬時に笑顔になった光は、

「気をつけて帰ってくださいね」

志摩から手を放す。

「きみもね」

こんな時間にいきなり呼び出されたのに、文句をつけるどころか、一所懸命走って来てくれて。「気をつけて帰るんだよ」

「おやすみなさい、先生」

ぺこっと頭を下げた光に、

「おやすみ」

志摩は微笑む。

それじゃ、と、二、三歩行きかけた光が、いきなり踵《きびす》を返して戻って来た。

「先生」

ぎゅっと両腕できつく志摩を抱きしめて、「先生も、いい匂い、します」

一言告げると、真っ赤な顔して、歩道橋を駆け降りる。

照れて、脱兎《だっと》の如く自転車で走り去る光へ、

「だからきみは、子供っぽいと評価されてしまうんだな」

納得したように、志摩は笑った。「抱きしめるだけじゃなく、キスくらい、していけばいいのに」

でも、悪くない。

さっきのほのかな匂いのように、光の残した抱擁《ほうよう》が、光の残した一言が、心地よく、胸に香った。


『昨夜は、ごめん』

通勤途中に届いた携帯メールは、天宮の携帯からの短い謝罪メールだった。

本当に反省しているのか、イヤでも職場で顔を合わせねばならない気まずさを回避する為なのかはわからないが、いつもの（天然タラシモードばりばりの）天宮ならば、

『無礼は詫《わ》びるが、後悔はしてない。お前が好きなんだ』

くらいは平気でさらりと続けるから、それをしてないところに、ある程度の誠意を感じた。

「……という感想は、我ながら横柄か」

苦笑しながら、携帯を朝の職員室、自分の机に置いた時、

「おはよう、志摩先生」

白衣姿の美人の校医が、「昨夜はあれからどうしたの?」

と話しかけてきた。

時間がまだ早いせいか、職員室の人影はまばらで、志摩は反射的に周囲を見回してから、

「あれからって?」

慎重に、訊き返した。

彼女は志摩の隣りの席の椅子を勝手に引き寄せると、座って、志摩の顔にぐぐっと顔を近づける。

突然の接近に、さすがに志摩は顎を引いた。

「内緒だけど」

彼女はストンと声を落とす。

「はい」

つられて志摩も小声になった。

「新卒採用の彼女、高島《たかしま》先生、あの子、天宮先生狙いなのよ」

「――へえ」

「昨夜、一次会の後で志摩先生が抜けてから、いつの間にか天宮先生もいなくなっちゃってたのね。そしたら高島先生、自分の歓迎会だっていうのに、天宮先生を追いかけてか、いなくなっちゃって」

「そうだったんですか」

「志摩先生、天宮先生と飲み直ししてたの？」

「いいえ、別行動でしたけど」

天宮も一次会で抜けたとは、知らなかった。

「なあんだ、志摩先生と一緒なら、そう悪さもしてないと安心してたのに」

「森川先生にかかると、すっかり悪ガキ扱いですね、天下の天宮も」

「ふふふ。――それにしても、新任して来てまだ一カ月と経たないのに、積極的な子よねえ。間違いなく、彼女、女子生徒たちから嫌われるわよ」

「高島先生のことですか？」

露骨なライバルは、それは歓迎されないだろうが、「でも森川先生、高島先生が天宮先生を追いかけていなくなったって、事実かどうか、確かめてはいないんですよね？」

「そんなの、どっちでも同じことよ。私が言いたいのは、ああいう、男に対してあからさまなタイプの女は、同性からは嫌われやすいってこと」

「――そうなんですか。そういうものですか」

「でもって、自分の歓迎会の途中で黙っていなくなるなんて学生気分が抜け切らない所は、同僚の信用も得られないってこと。――恋もいいけど、夢中になってまわりが見えなくなっちゃうと、ろくなことにならないわよねえ」

志摩先生も気をつけてね。と、続けた彼女に、

「残念ながら、気をつける機会に恵まれなくて」

志摩は苦笑して見せた。

「あら？　先生、婚約の噂があったじゃない。そんな気配、カケラもなかったのにいつの間にって、みんなで驚いてたのよ」

「デマですから、気配のカケラなんて、あるわけないです」

「そうなんだ」

なあんだ、と、彼女が続ける。

「火のない所にも煙って、立つんですね」

「そうなのよ、立つのよね。不思議よねえ。そのくせ、あんなに親しくしている私と天宮先生なんか、一度も噂になったことがないのよ」

「なりたかったんですか？」

それは、意外だ。

こんなにオトコマエで美人でカッコイイ女性に、天宮では役に足りないのではないか。

「なりたくないけど、ちょっとだけ、不本意」

屈託なく笑った彼女に、うちの女子生徒が彼女にダントツの信頼を置く理由がわかる。

「高校時代に、森川先生みたいな校医がいてくれたら、良かったのにな」

「そう？　ありがとう、今の、褒め言葉よね？」

誰にも何も、相談できなかった。何が正しくて何が間違っているのか、まるきりわからないまま、ひとつひとつの現実を、ただただ受け入れて行ったのだ。

天宮と、やり直したいわけではない。――ただ、あの頃、無理して飲み込んだ後に、飲み込んではいけなかったものが混じっていたことに、気がついたのだ。けれどもう手遅れで、それは心に浅からぬ傷を残した。

「ところで志摩先生、天宮先生の昔の恋人って、知ってる？」

心の内を見透かされた気がして、志摩はギクリと彼女を見た。

「昔の恋人、ですか？　――や、たくさんいるから、どの人のことだか」

苦笑する志摩に、彼女も笑う。

「まあね、浮いた噂の多い人ではあるけれど」

「高校までは一緒でしたけど、大学は別々で特に交流もなかったから、その間はわからないです。ここに来てからの天宮のことは、オレより、森川先生の方が詳しいんじゃないですか？」

よほどウマが合うのか、初対面から打ち解けて、以降、実の姉のように校医を慕って、保健室に通っている天宮。

自覚のある彼女は、

「それはそうなんだけど、おっかしいのよ、あの天宮先生が、昔の恋人に未練たらたらなんですって」

志摩は再び、ギクリとする。

「いい機会だから、ぜひとも、うまくいかないでもらいたいものだわ」

「え。なんですか、それ？」

思わず笑ってしまった志摩に、

「人生そんなに甘くないって学習する、いい機会だと思わない？　なあんか、舐《な》めたところがあるのよねえ、あのラッキーくんには」

やりたいように生きてきて、なのに周囲と齟齬《そご》を生むこともなく、憎まれず、嫌われず、確かに天宮は、恵まれた人生を歩んでいる。

「案外まんまとモトサヤになっちゃったりしてね。あ、でもそうなると、ちょっと同情しちゃうかなあ、高島先生に」

きっと本気では相手にされないいんだわ。と、続けた彼女のセリフに、三度、志摩はドキリとした。

「……翻弄《ほんろう》されないと、いいんだけど」

「そうですね」

頷きながら、志摩は机の上の携帯をチラリと見る。

「あ、今の、未練たらたら話、私がバラしたの、天宮先生にはナイショよ」

いたずらっぽく微笑んで、校医がいなくなると、志摩はもう一度、携帯へと視線を移した。

「ろくなことにならない、か……」

それでも、わかっていても、恋をしたらどうにもならなくなるのだろう。何度でも、同じ過ちを繰り返すのかもしれない。

志摩は携帯を手に取ると、天宮からのメールを削除した。

夏休み目前の期末テスト明け、結果はさておき、やっとテストが終わって晴れ晴れとした表情の生徒たちが、校舎からゾロゾロと出てゆく。

廊下の窓から見るとはなしに外を眺めた志摩の目に、遠く、友人や女の子たちとわいわい楽しそうに歩いている光が映った。

ひとりの女の子が、ふざけて光の腕を組み、なにやら親しげに顔を寄せて話している。

「行こうよ光、予備校の夏期講習ばっかりなんて、もったいないよ。せっかく高校生活最後の夏休みだよ」

「そっかー、海かあ、いいよなあ」

泳ぐのは嫌いじゃないし、お日様の下で遊ぶのも好き。

「光が一緒だと、盛り上がって、ぜったい楽しいと思うんだあ」

上目遣いに彼女が見る。

「そうそう、こいつにスイカ割らせたら、天下一品だからな」

「え？　そうなの？　わー、見たい見たい、光のスイカ割り！」

はしゃぐ彼女に、光はまったく別のことを考えていた。いや、妄想していた。

太陽の下で、水着の志摩とふたりきりで過ごせたら。――なんてうっとりなシチュエーション。

「ちゃんとわかりやすーく教えてやってんのに、全然違うとこぶっ叩くんだよ。それがさ、すっごい勢いで、あの時は、なんだっけ、ほら、光?」

「……え?」

「なんか叩き壊したじゃん、お前」

「え? あれ、そうだっけ?」

「やーん、おもしろそう。来週から夏休みだし、早速行こうよ、ね?」

微笑む彼女に気づかれないよう、友人がそっと肱で光をつついた。そのにやにや笑いに、光は訝《いぶか》しげに眉を寄せる。

「なら、志摩セン誘わねえ?」

友人のひとりが唐突に言う。光は思いっきり、驚いた。

このメンツと志摩とには、何の接点もないからだ。

「きゃーっ、誘う、誘う! 誘いたい! でも、なんで?」

別の女の子の、ソボクな疑問。

「ついに志摩セン、クルマ買うらしいぜ」

「志摩センって、免許持ってたんだあ」

「ちょっとちょっと、あの結婚話の時みたく、デマだったりしない、それぇ?」

「そうそう。志摩センが結婚!?　って、そりゃーショックだったんだから。デマで良かったけど」

「今回のはデマじゃないぜ。ディーラーの営業やってる卒業生に、クルマ購入の相談してたんだってさ」

「おっ、新車!?」

「なら俺、助手席ぃ」

「なんでよ、男同士でなにが楽しいのよ。助手席は当然、私たちの誰かよねえ?」

「志摩センだって、きっとその方が嬉しいよねー」

まだ決まってても、誘ってすらいないのに、勝手に盛り上がる友人たちをよそに、光はひとりでドキドキしていた。みんなと、志摩と、海に行く。嬉しいような、困ったような。

その時、学生服の白いワイシャツの胸ポケットの携帯が鳴り出した。

「あ、ごめん」

画面を見た光は、慌てて女の子の腕をほどいて、彼らから離れる。「——もしもし?」

タイミングの良さに、ドキドキが倍増した。と、

「なにやってんだ、受験生?」

涼しげな声が、冷ややかに言った。

あまりの冷静な声音に、ドキドキが一瞬にして掻《か》き消える。

「あの、なにって」

「今、どこにいるんだ?」

「え? あ、自転車置き場に向か――」

「帰るのか」

「や、えっと……」

「テスト明けだからって、浮かれてる場合じゃないだろ」

「浮かれてなんか、いないけど」

「そうか」

ぷつっ。

「――え?」

光は唖然《あぜん》と携帯を見る。「今のって、切るタイミングだった?」

なんでいきなり切られたのか、理由がよくわからない。そもそも、志摩が電話をしてきた理由も、光には見当がつかなかった。

光は着信履歴から志摩の番号を押す。

すぐに繋がった携帯から、

「なんだ」

不機嫌そうな声が聞こえた。

「なんだじゃないよ、そっちこそなんだよ」

なにかあったのだろうか。「せん——、……先生こそ、今どこにいるんだよ」

更に小声で訊く。

「さあな」

「教えろよ」

「もう帰るんだろ、海野」

「まだ帰んねーよっ。いいから教えろって」

「屋上」

言って、またしても電話が切られた。

「——屋上? って、どこの?」

建物の多いこの高校。屋上だけでも五つはある。どこの屋上なのか、確かめようともう一度電話をかけるが、「うわ、電源切っちゃってるよ」

繋がらなかった。

やむを得ず、

「悪い、俺、急用できた」

光は友人たちに言って、校舎へと急いで戻った。

「あーあ、行っちゃった光くぅん」

女の子の残念そうな呟きに、友人たちがやれやれと肩を竦《すく》める。

「あいつ、ちっとも気づいてなかったよな」

「ホント、鈍いよねえ、光って」

「あんなに鈍い彼氏だと、両想いになってからも苦労しそうだよな」

「でも最近、なんでか男っぷり、上がったよねえ、光って」

「そうかあ？　ちっとも変わんないぞ」

「成績も上がってるし」

「ああ。人が変わったみたいに、マジメに勉強してるもんな」

でも、成績が上がったから、男っぷりが上がったわけじゃ、ないよなあ。「しかも、ちょっと楽しそうなんだよな、ガリ勉ライフ」

「えーっ？　勉強するより、遊んでる方が楽しいじゃない」

「そりゃ、そうなんだけどさ。でもなんか、なんでかマジ、楽しそうなんだよ」

息急き切って階段を上がり、

「ここで、最後だぞ、おい」

これでいなかったら、まんまと担がれたことになってしまう。

志摩のことだから、そんなことはないと思いながらも、一抹の不安を抱きつつ、屋上に続くサッシのドアを開けた。

ガランとした広い屋上。見渡しても、人影はない。

「……はあああ」

一気に、脱力。「いないじゃん」

お手上げの光は携帯を取り出すと、ダメモトでコールした。

呼び出し音が鳴る。

「なんだ、繋がってるよ」

呼び出し音に連動するように、それとは別に、どこかでちいさな着信音。

改めて辺りを見回すと、光の位置からは死角になっている出入り口の陰、日差しを避けて、携帯を脇に放ったらかしたまま、志摩が背中を向けて座っていた。

「……先生？」

肩越しにそっと覗《のぞ》き込むと、志摩の手の中に、ゲームボーイ。

志摩を見つけてホッとしたのもそこそこに、手の中の画面を見た光は、つい、

「げ、まだそんなとこ、やってたんだ」

貸してから、もう二カ月以上経ってるのに、「おっそいなあ」

と、続けてしまった。

「ウルサイな、オレはきみたちのように暇人じゃないからな、ゲームにかまけてる時間なんか、ほとんどないんだよ」

「せっかく攻略本もセットにしてあげたのに」

「さてと。そろそろ職員室に戻らないと」

「えっ？」

すっくと立ち上がった志摩に、「ちょ、あんな電話かけてきて、そりゃないだろ」

光が咬《か》みつく。

「テストの採点がどっさりとオレを待ってるからな。休憩終了、お仕事お仕事」

「なんだよ、俺に言いたいこと、あったんじゃなかったのかよ」

咄嗟《とっさ》に、志摩の腕を摑んで引き留める。

「ないよ、なんにも」

「なら、さっきの電話はなんだよ！　あんな切り方して！　なにかあったのかって、俺、すっげ、心配したんだからな！」

腕を掴まれる手の強さに、志摩は僅《わず》かに狼狽《ろうばい》しつつ、光の額に光る汗をみつめた。汗で上半身にぴったり張りつく、白いワイシャツをみつめた。

全部の屋上、回ったんだろうか。

「……悪かったな、心配かけて」

ぼそりと告げた途端、有無を言わさず抱きしめられて、抱きしめられるまま、志摩は光の肩に額を寄せる。「汗くさいよ、海野」

「あっ、ごめ……」

赤面して離れようとした光の背中を、志摩は柔らかく引き戻した。

「イヤだなんて言ってないだろ」

「先生……」

「これ、お前の匂いなんだな」

「え？」

「いや、なんでもない」

石鹸《せっけん》の匂いじゃなくて、海野光の、匂いなんだ。

「先生」

キスがしたくて、志摩を呼ぶ。

呼ばれて、すっと眼差しを上げた志摩に、薄く開かれた口唇に、躊躇《ためら》うことなく光は舌を差し入れた。

「ああっ、もっとだ海野、もっと、奥まで……」

喘《あえ》ぐふたつの呼吸。

週末の志摩の部屋の、ベッドの上。

「……せんせいっ、俺、どうにかなりそうだ」

激しく腰を進めながら、光が悲鳴のような呟きを洩《も》らす。

ゲームボーイを届けた二カ月前のあの日から、毎週土曜日の夜は、志摩の部屋へ泊まっている。いつしか恒例となった『お泊まり』だが、夏休みに予備校の夏期講習に申し込んではあるのだが、普段通っているわけではない光は、予備校に行ってる友人たちからいろいろ教えてもらうから、と、週末は誰彼の家で勉強会ということにして、親から外泊許可をもらっていた。
実際はそうではないので、友人たちとの情報交換はできないが、けれどちゃんと、勉強はしていた。というより、させられていた。志摩は一切、なにも教えてはくれないが（学校の教師というのは、基本的に、学校外で個人的に勉強を教えてはいけないものらしい）通い始めた当初に黙って数冊の問題集を渡され、以降、ノルマをこなさないと、夜のエッチはお預けなのであった。

毎日でも会いたくて、いつだって触れていたくて、それはそれはたまらなかったから、

「苦しいって、海野」

いたした後、腕の中で志摩に苦笑されても、力がうまく弛《ゆる》められない。

「あ、先生、クルマ買うんだって？」

「うん？　誰から聞いた」

「最近女子連中がその噂でもちきりでさ。志摩センが新車を買ったら、帰りに送ってもらっちゃおうって」

「誰も新車を買うなんて言ってないのにな」

笑う志摩に、

「じゃ、ホントに買うんだ。先生、免許持ってたんだ」

「一応な」

「……運転、できんの？」

「失礼なヤツだな。ここしばらくは運転してなかったが、下手なわけじゃないぞ」

「でもなあ、事故ったりしたら、とか考えただけで、俺、心臓バクバクだよ」

「そんなに心配なら、オレが運転する時は隣りにいろよ」

「えっ？　や、ウレシイけど、でも、校則で、通学にクルマの送迎は禁止だし」

「オレは通勤にはクルマは使わないよ」

光はキョトンと志摩を見て、

「なら、なんでクルマ買うのさ」

通勤に使うんじゃないなら、いらないじゃん。

「出掛けるたび、帰りの電車の時間を気にするのに疲れたんだよ」

「出掛けるたびって？」

「中間テスト明けに、成績が上がったご褒美にって、出掛けただろ」

「うん」

「あれから、何回か、出掛けてるだろ」

「うん。——って、ひゃーっ、それってつまり、俺とのデート用にってこと!?」

すっげーっ！

「きみの為に買うんじゃない。オレがラクしたいから、買うんだよ」

気になるのは電車の時間だけじゃない。

デートには電車やバスや愛用のチャリなどで出掛けていたのだが、公的交通機関を使ってのデートは、現役高校生の光にしてみればごくごく普通の方法だが、社会人の志摩にとっては、かなり不自由なものであった。時刻表に拘束されたり、体力的にもきつさはあるが、人目だって、かなり気になる。

誰に見られてもいいように、電車が最寄りの駅に近づくと、わざわざ車両を別にしていた。現に、ひょっこり、知り合いに会う。地元にいるのだから、それは仕方のないことだが、そういういろんな気苦労から、解放されたいと思うのは、人情だ。

「どっちでもいいです。うわーっすっげー！　夏休みに先生とクルマでデートできるなんて、夢みたいだーっ！」

のしかかる光のキスに、呼吸を合わせる。

こんなに喜ばれるとは思わなかった。——彼に喜ばれることがこんなに嬉しいだなんて、思いもしなかった。

「好きだ、先生」

懸命な彼のキスに、ゆったりと応える。

「好きだよ、先生」

言葉は返してやれないから、幼い彼のキスに、甘く舌を絡めてゆく。


「クルマ、買うんだって？」

昼休みの職員室、いつの間に現れたのか、志摩の机の脇に立ち、ニコリともせず、天宮が訊いた。「デマの結婚話に引き続き、またまた噂になってるぞ」

結婚話に関しては、つきあいの長い天宮は、本人に確認するまでもなく普段の様子で、ハナからデマと思っていた。それに、あの頃は、それがデマでも事実でも、どちらでも良かったのだ。

「ああ、らしいな」

噂になっているのは、知っている。だが、そんなこと、どうして天宮が確かめるのだろう。

ふたりの会話に、ここぞとばかりに聞き耳を立てている女教師たち。助手席狙いがありありの彼女たちを牽制《けんせい》するが如く、察しの良い天宮が、場所を変えようと外を促した。

校舎内をどこという当てもなく歩きつつ、

「夏休み、長期で旅行にでも行くのか？」

天宮が訊く。「三年の担任をやってないと、呑気《のんき》でいいな」

志摩は天宮を黙って見上げる。

天宮は咳払いすると、

「悪い、イヤミが言いたいわけじゃないんだ」

視線を外す。「前に、目が疲れるから運転はしないって言ってたから、どういう心境の変化かと思ってさ」

遠くへ引っ越ししたでなし、志摩の日常生活に、どうしてもクルマが必要な事態が生じたとは、見えなかった。

「たかがクルマ一台のことに、どうしてこうもあれこれ言われるのかな」

苦笑する志摩へ、

「そりゃ、たかがクルマじゃないからだろ」

志摩に限っては。「俺も理由が知りたいクチだよ」

「天宮……」

ごめんの携帯メールの後、それきり何のアプローチもなかったから、てっきり片がついたものと思っていた。

「蒸し返すつもりじゃないが、志摩、本気で、やり直すこと、考えてみてくれないか」

「だからそれは、断っただろ」

「――やっぱりいるんだ、恋人が」

「いないよ、そんなものは」

「なら、片思いの相手がいるんだ」

志摩は横目で天宮を見て、

「よしんばいたとしても、それをきみに教える義理はないだろう?」

穏やかに告げる。

「どうしてもダメなのか、志摩?」

「いつまでも血迷ってるなよ、天宮」

「冷静だよ、俺は」

「そうかな。オレにはそうは思えない。つきあったところで、どうせ同じことを繰り返すぞ。人間の本質なんてそうそう変わるもんじゃない。少なくとも、残念ながら、オレはあの頃と、なんにも変わっちゃいない。本気になったら、きっとあの頃と同じことをする。それで天宮は耐えられるのか? オレが煩《わずら》わしくならないのか?」

「あれから十年も経ってるんだぜ？　同じか違うか、やってみなけりゃわからないだろ」

「とにかく。――天宮のことは嫌いじゃない。でも、ただ、それだけだ」

低く断言されて、深々と溜め息を吐いた天宮は、

「チクショー」

呟いて、腕を組んだ。「まるきり十二年前に戻ったみたいだな。あの時も、その気のないお前を口説くのに、苦労したっけなあ」

「同じ苦労を二度もすることはないよ。天宮、きみのキャッチフレーズは『常に新しい恋に生きる男』なんだろう？　だったら、いつまでもこんな所で立ち止まってるなよ」

「歩いてるじゃんか、ちゃんと」

「比喩《ひゆ》だろ」

ばか。

睨《にら》まれて、それすらも嬉しそうに笑いつつも天宮は、

「そう簡単に行くかよ。くそっ」

ちいさく悪態をつく。

「下品な言葉遣いは慎むように、天宮先生」

からかわれて、天宮はまたしても溜め息を吐いた。

じゃあな、と、ちいさくなる志摩の背中へ、

「お前が綺麗になるからいけないいんだよ」

理不尽を承知で、クレームをつける。

男の志摩を、本人を目の前にして『綺麗』とは口が裂けても言えないが（侮辱《ぶじょく》するなと激怒されるのがオチなので）志摩を改めて意識しだした頃から、見る度に志摩が眩《まぶ》しい存在になっていった。それは天宮の惚《ほ》れた欲目なのかもしれないが、

「結婚話はデマだったが、日に日に綺麗になるわ、クルマは買うわ。——とうとう疑う余地、なくなっちまったな……」

相手が自分でない以上、絶対、認めたくなかったのに。「なあ志摩、お前、いったい誰に恋してるんだ?」

◇◆◇　2　◇◆◇

「珍しいこともあるものねえ」

　クリスマス用にグリーンと赤とゴールドで、豪華に飾り付けられたレストラン。食前酒を兼ねた白ワインの注がれたグラスを手に、ゴージャスな出で立ちの森川《もりかわ》千早《ちはや》がにっこり笑う。

「ソムリエのおすすめだけあって、本当においしいわ、このワイン」

「クリスマスイブに森川先生を誘うのが、そんなに珍しいことですかね」

　学校には絶対に着て行かない、いや、行けない、洒落《しゃれ》たスーツの天宮《あまみや》が、揺らぐキャンドルの向こうで笑う。

「せっかくのイブの夜に私と一緒にいるということは、なあんだ、あれから半年以上もあったのに、結局、未練タラタラの元恋人とモトサヤになれなかったんだ」

　鋭い彼女の突っ込みに、

「ま、そんなところです」

天宮は肩を竦《すく》める。「なにせ、難攻不落で」

「強敵なんだ。それで、イブは私で手を打ったと」

「妥協したって意味じゃないですよ。逆です、逆。なんか、誰を誘うのもイマイチで」

「でもって、イブに誰も誘わないのは、もっとイマイチ？」

「そういうことです」

街中、甘いムードだらけのこの夜をひとりで過ごすことになったら、それはさすがに寂しいだろう。

「なら、一応、誘っていただけて光栄ということなのかしら？」

「そう思っていただけると、俺的にも光栄です」

森川千早はクスクス笑うと、

「難攻不落の元恋人は、今宵、どなたと過ごしてらっしゃるのかしらね？」

「さあ……」

志摩《しま》が今夜どうしているのか、天宮は知らないし、調べることもしなかった。

窓の外にはきらびやかな夜景。

「難攻不落過ぎて、実は諦《あきら》めちゃったとか？」

「……さあ？」

曖昧《あいまい》に微笑み、天宮はワインを飲み干した。


真冬でも雪の降らないこの土地の大晦日《おおみそか》は、風情に欠けるが、クルマ愛用組にはありがたいことこの上ない。

「先生、肉まん、もうなかった」

助手席のドアを開けて、光《ひかる》がコンビニの袋を手に乗り込んで来る。

さすがに大晦日ともなると、真夜中でもみんな活動的で、国道沿いのコンビニの駐車場はいっぱいだった。やむを得ず、コンビニ近くの路上にクルマを停め、エンジンをかけたまま志摩は光に買い物を頼んだのである。

慣れた手つきで助手席のシートベルトをしめた光は、

「先生が好きなフツーの肉まんはなかったけど、特製肉まんがあったからそれにしたけど、やっぱ、ピザまんとか安いのの方が良かった？」

釣銭を渡しながら真剣に訊く光に（経済観念のレベルが、イマドキの高校生にしては実に堅実で微笑ましくて）つい、志摩は笑ってしまう。

「いいよ別に、驚くほど高いわけじゃあるまいし」

「えっ、だって、五十円も違うんだぜ！」

「ははは」

「笑い事じゃなくってさ」

ムキになって言う光は、言いながら、手早く、中央のエアコンの吹き出し口の下へ取り付けたふたつのドリンクホルダー、志摩側へ、志摩に頼まれた熱いブラックの缶コーヒーをリングプルを開けてから置き、隣りへ自分のスポーツ飲料を置き、

「もう食べるんなら、紙、むくけど」

運転席と助手席の間のボックスに眠気覚ましのガムを入れ、

「そうだな」

右にウィンカーを出し、運転席側のドアミラーでクルマの流れを確認しつつ、ハンドルを切ろうとする志摩へ、

「あ、先生、後ろから無灯火のチャリ来てる」

進言するという、実に優秀なナビぶりなのであった。

この半年で、光は助手席の乗り方（というものがあるのだ、これが！）の達人となっていた。

もともと気の利く性格だから当然の結果なのかもしれないが、光のおかげでクルマでの外出のラクなこと。

自転車をやり過ごしてから、志摩はクルマを出す。

冬休みが明けたらいよいよ三学期、大学受験も正念場である。を理由に、冬休みに入ってから、志摩は光と一度も会ってくれなかった。クリスマスイブもクリスマスも、むろん、なしである。その代わり、初詣を兼ねた初日の出を見るコースを、志摩は提案してくれたのだ。大晦日から元旦にかけて、毎年、光は友人たちと真夜中から出掛けていたので、今年も同じように出掛けても家族は不審がらないし、夕方までに戻れば光の家族的にもまったく問題はなかったので。一方、志摩は志摩で、例年、元日の夜に先生仲間と新年会をするので帰省はいつも二日以降だったから、元日は、光にも志摩にも問題がないという恰好《かっこう》の一日なのであった。

という好条件に加え、志摩とまるきり会えないのに（学校にいれば顔くらい見られるのに、冬休みとなったら、顔すら見られないのだ）志摩の言い付けをちゃんと守って、文句も言わずに受験勉強に専念している、頑張っている光に、ご褒美としての、志摩の提案。――誘われて嬉しいのに、志摩の優しさが、嬉しくてたまらないのに。

初日の出を見る前に初詣に立ち寄った、地元から離れたちいさな神社で、光はこっそりと、手を合わせて一心に何かを祈っている、志摩のきれいな横顔を盗み見ていた。

とうとう新年が明けてしまった。センター試験までもう、すぐだ。受験まで、やっぱりきっと、こんなふうにふたりきりで会うことはないんだろう。そんなこと、この人は絶対に許してくれないだろうし、きっと自分にもそんな余裕はなくなるんだろう。

そうして、卒業したら、会えなくなる。

恋人ごっこは終わってしまい、高校を卒業するから、だけでなく、会えなくなる。

切なくて、きれいな横顔から目が離せない。

こんなに好きなのに、今、ここにふたりでいるのに、どんなに志摩が優しくても、まるで本当の恋人同士のようにふたりきりで今、ここにいるけれど、ごっこだから、本物じゃないから、終わりが決まっているから、どうしようもない。

鼻の奥がツーンと痛くなって、光は慌てて視線を逸《そ》らせた。

志摩が好きだ。

すごく好きだ。

本当は大学合格を祈願しなけりゃいけないのに、手を合わせた心の中は、志摩のことばかりぐるぐるしていた。

離れたくない。志摩先生と、別れたくない。

人気のない山道の、それも本道でない、どこかへ続く（けれど眺めの良い）脇道の途中で停めたクルマの中で拝んだ、初日の出。

けれど光は、日の出なんか見ていなかった。シートを倒して、志摩を抱きしめて、窓から差し込む朝日で太陽が昇ったことはわかったが、そんなことも、どうでもよかった。

もしかしたら、これが最後かもしれない。志摩を抱きしめられるのは。そんな気がして。

「海野《うみの》」

苦しげに呼ばれても、手加減できない。

「……海野」

喘《あえ》ぐ呼吸で自分の名前を呼ばれることも、もうないかもしれないから。

光の読みは的中していた。

いざ三学期が始まってみると、それはそれは、ゆとりのない日々であった。

自由登校になってしまったので、学校に行くこともほとんどなくなってしまったし、受験を思うとキリキリ胃は痛むし、寝る前のベッドで、眠る直前に、ようやく志摩のことを思い出す。

思い出すとたまらなくなって、けれど電話は禁止だから、携帯からメールを送る。

返事は、返ってきたり、こなかったり。

その繰り返しの日々だった。

そうして無事に受験が終わり、晴れてめでたく合格したのに、今年一年、絶好調！　だった光が、卒業に向かって日増しに暗くなってゆくのを、ひそかに訝《いぶか》しがる友人たちであった。

光が暗くなってる理由はひとつ。

受験が終わったのに、志摩が会ってくれないのだ。電話も禁止のままだった。

そんなこんなしているうちに、もうじき卒業式だ。卒業したら、本当に、もう『ごっこ』が終わってしまう。

けれど、いつまでもワガママを言ってるわけにもいかないのだ。

誰に指摘されるまでもなく、自分が志摩の自由な時間を、一年近くも奪っていたのは事実なのだから。

わかっていたから、これを最後のワガママを、メールで送った。

『前に先生が言ってた、大学に合格したらお祝いをくれるってあれ、忘れてないよね。欲しいものがあるので、それを俺にください』

元日、家の近くまで送ってもらう途中で、

「もし大学に合格できたら、合格祝いになにかやるよ。なにがいい？」

と志摩に訊かれた時、本当のことは言えなかった。

本当は、志摩とずっとこうしていたかったから。望むものはそれだけだったけど、それはできない相談だから、だから光は、

「今は特になにが欲しいとかないから。それに、受かる前からそんなこと考えてたら失敗しそうだし。だから、合格したら考えるよ」

と、一見、殊勝な返事をしたのだ。

メールで待ち合わせた校舎の屋上。志摩は部屋を訪ねることも、もう許してくれなかったから、三年生の姿はほとんどない、けれど、普通に一、二年生の授業の行われている平日に、志摩の授業の空き時間に、人気のない校舎の屋上で待ち合わせた。

「こんな場所でいきなり欲しいものを教えられても、対応できないじゃないか」

苦笑する志摩に、心配ないよと光は笑って、

「先生のしてる腕時計、それ、欲しいな」

と、申し出た。

「え？　かなりくたびれてるぞ、こんなのがいいのか？」

意外そうに、志摩が訊く。

「つまり、愛用の品ってことだろ」

自分はごっこでつきあってもらっていたが、この腕時計は、先生に愛されてずっと、こんなにくたびれていても使ってもらっているのだ。

「おかしなヤツだな」

笑いながらも、志摩は腕時計を光に渡してくれた。「合格おめでとう、海野」

「ありがとう、先生」

どんなにくたびれていても、これは光の宝物だ。長年愛用していた腕時計を、志摩は光にプレゼントしてくれたのだ。プレゼントしてくれるくらいには、先生は俺のこと、想ってくれているのだから。

そして、先生と過ごした日々の、これが証しだ。

「でも俺、結局、償い、できなかったね」

「償い?」

不思議そうに訊き返す志摩に、

「ほら、最初に先生、言ったじゃん」

志摩に乱暴したあの時に、こんなことをした償いに関しては、卒業までに一年もあるんだから、その間に考えろと。

「――ああ」

頷《うなず》いた志摩は再び苦笑して、光から視線を外した。「いいよ、もう、時効ってことで」

「……うん」

「じゃあな、海野」

行ってしまおうとする志摩の腕を、光は必死に引き留めた。

「先生」

抱きしめて、志摩の頬《ほお》に何度もちいさくキスをする。

「よさないか海野、ここは学校だぞ」

胸を押し戻されて、それはたいした力ではなかったけれど、光はそっと志摩を放した。

口唇にキスしたかったけれど、それも、もう無理だ。

光はペコリと志摩へ一礼すると、走るように屋上を後にした。


そうして迎えた卒業式。

卒業証書を手にした光に、

「せっかく素晴らしい大学へ入れたんだから、遊んでばかりいるなよ。ちゃんと勉強するんだぞ」

笑顔で送り出してくれた志摩。

ふたりで話していたら、人気者の志摩先生はあっと言う間に他の卒業生に取り囲まれ、やがて彼は光を振り返ることもなく、人波に流されるように校舎の中へ消えてしまった。

——終わってしまった、恋人ごっこ。

「やけにあっさりした終幕だったな」

泣いてしまうのかと思っていたのに、志摩の前で、自分は終始、笑顔だった。

先生も、まるで、優しい、ただの恩師のようだった。

「俺という肩の荷が降りて、今頃きっと、ホッとしてるんだろうな」

光を送り出した時の、安堵《あんど》したような先生の表情。

「……なんだよ」

どうして、今頃になって泣けてくるんだよ。

この涙を、先生に見せてやりたかった。

胸が張り裂けそうで、苦しくて、仕方なかった。

◇◆◇　3　◇◆◇

「旨い和食と日本酒の店を見つけたんだ。志摩、どうだ今夜、俺と一杯？」

天宮に軽い口調で誘われて、断る理由もなかったから、

「今夜かい？　別に、いいよ」

軽い気持ちで、誘いを受けた。

だが実際は、新学期が始まって、日を追う毎に目に見えて痩《や》せてゆく志摩を、天宮は心配していたのであった。

疲れているのか、食事中にもぼんやりとしがちな志摩へ、

「そんなにうまくいってないのか、今の彼氏と」

穏やかな眼差しで、包み込むように天宮が訊く。

「え？」

「向こうは卒業したんだから、これで晴れておおっぴらにつきあえるってのに、なにをそんなに思い悩んでるんだよ」

するりと言われて、志摩はちょっとの間、呆然《ぼうぜん》とする。

「天宮……?」

「なんだよ、それくらいわかるって。お前がつきあってるの、去年の三年だったんだろ?」

テーブルに肱をついて、片手で額を覆った志摩は、絶望的な溜め息を吐いた。

「もしかして、皆にバレてたのか?」

あんなに必死に隠してたのに。

「まさか」

天宮は軽く笑うと、「誰も気づいてやしないよ。俺はさ、志摩、お前とつきあったことのある『昔の男』だからさ、他の人にはわからないことでもわかっちまうんだよ」

「いつから、知ってたんだ?」

「けっこう前から」

「なら、知ってて、ずっと黙っててくれてたんだ……」

「まあな」

「――どうして」

「志摩センーっ！」

友人たちが渡り廊下へと走り寄っていく。

ひとり出損なった光は、

「久しぶりだな、みんな元気でやってるのか？」

和気あいあいと再会の挨拶《あいさつ》を交わす彼らから、ポツンとひとり取り残されるように、遠く離れていた。

ふと、志摩の視線が彼らから流れて、光に止まった。

その瞬間、志摩の表情が困ったようになって、――それで気持ちが固まった。

ペコリと頭を下げて、光はその場から立ち去った。

逃げるわけじゃない。少しは大人になったから、だから、もう、彼には近づかない。


「よお、海野！」

中庭を歩いていると、職員室の窓からタバコ片手の天宮に声をかけられた。

「あ、こんにちは」

芝を踏んで近づくと、窓の桟《さん》に寄り掛かるようにして、

「少しは大人っぽくなったじゃないか」

天宮がからかうように笑った。

「先生は、変わらないですね」

良い男っぷりは、バリバリ健在だ。

「高校生じゃあるまいし、このトシでそう簡単に外見が変わるわけないだろ」

褒めたつもりだったのに、年齢を冷やかす冗談と受け取った天宮は、からからっと笑い飛ばして、「もう会ったか、志摩に？」

するりと訊いた。

光と志摩とには在学中、学年も部活も、教科の担当すら違うから、ひとつもなんにも接点がなかったことを天宮は知っている。接点のない教師のことを真っ先に訊くなんて、普通ならあり得ない。なのに、誰のことでもない志摩のことを、いかにもさりげなく訊かれたから、逆に光もピンときた。──知ってるんだ、天宮先生は。

「……遠くから、挨拶しただけですけど」

「遠くから？　なにやってんだお前、志摩に会う為に文化祭に来たんじゃないのか？」

「ちがっ、違いますよ、そんなんじゃないです」

「へえ」

意味深にニヤニヤ笑った天宮は、いきなり真顔になると、「痩せただろ、あいつ」

「そうですね」

益々フェロモン、なんて、冗談じゃない！　あんな痩せ方！

関係ないけど。

志摩がどうでも、もう、関係ないけど！

「……先生たちって、やっぱり親しかったんだ」

それでも訊かずにいられなかった。

自分たちのこと、志摩が話したのだろうか。

そうだよな、生徒たちには個人的なつきあいはないと言っておいて、その実、風呂を貸し借りする仲だもんな。

「そりゃ、昔の男だからさ」

「……そうなんだ」

そうか。やっぱり。

頷いたきり黙っている光に、

「なに、やけに静かなリアクションだな。驚かないのか、海野?」

「かもしれないって、思ってたから」

「ふうん」

でもこの人は、昔の男であろうと、好かれていたから、だから志摩と恋人同士だったのだ。正しく、恋人同士、だったのだ。光のように、強引につきあってもらっていたわけじゃない。

それだけで、羨《うらや》ましくなる。おまけにこの人は、別れているのに、志摩と同じ空間で、仕事までしている。

「なあんだ、せっかくの爆弾発言だったのに。気にならないんだ、志摩のこと」

軽い調子で言いつつも、天宮は職員室に人影がないのにもかかわらず、「――もう終わっちゃった？」

ひそひそ話のように声を低くして、訊いた。

「なんのことですか」

「こっそりつきあってただろ、志摩とお前」

「つきあってないです。俺が一方的に、先生につきまとってただけで」

それを『つきあってる』とは、決して言わない。

「そんなことはないさ、あいつもきみが好きだったんだから」

「――はあ!?」

それはそれは驚いた後、調子の良い天宮にからかわれているのだろうかと、訝しげな眼差しで眺め遣ると、

「ははは、やっとびっくりした」

天宮は非常に満足げだった。

「俺を驚かせる為だけに、そんな冗談言ったんですか？　先生、悪趣味だ」

「冗談なんかじゃないよ」

さらりと否定した天宮は、「せっかく買ったクルマ、一年も経たないうちに手放しちまってな。——わかりやすいヤツだよなあ」

「えっ？　志摩先生、クルマ、売っちゃったんですか？」

「お前らが卒業して二、三カ月くらいしてからかな。滅多に乗ることもないし、維持費がもったいないとか言ってさ」

「デ、デートに使えばいいのに」

昔の男とか言ってるけれど、別れてもあんなに親しげにしているふたりなのだ、現在つきあっていないとは、言えないじゃないか。

「おっ。無理してる」

「違いますよ！」

「そうだよな、ずっと無理してたのはあいつの方だもんな」

天宮はタバコを深く吸うと、細く煙を吐き出しながら、「卒業式以降、いつもどこか心あらずでな、食欲も落ちちまって、あんなだよ」

痛々しくて、見ていられない。

「わけわかんねー……」

天宮の話は、光にはいろんな意味で唐突で、理解できなかった。

「俺にだってよくはわからんさ」


「今からでも遅くないけど」

呟くように告げた志摩に、天宮は驚いて目を見開く。

「——なに？」

「つきあってるわけじゃなくて、一時期つきあっただけだから。もう、関係ないんだ、まるきりね。オレはフリーだし、天宮の時みたいな、未練があるわけでもないからさ」

「志摩……」

「いいよ天宮、やり直そうか、オレたち」

言って、志摩は緩く笑った。

自暴自棄というより、脱力しきっているような痛々しいほどの志摩の様子に、志摩のセリフのウソがわかる。

未練がなくて、そんなになるかよ。

「いいのか、据え膳は食うぞ、俺は」

脅かすように告げたのに、志摩は笑ったまま、

「いいよ」

言いながら、目を伏せた。誘っているようでなく、なにかを見ないように、そうしたみたいに。

一瞬迷ったのは事実だが、けれど天宮には、できそうになかった。他の男を、今も好きな他の男を忘れる手段として自分が利用されるのは、嬉しいことではないからだ。腕の中で別の男の名前を呼ばれるなんて、想像しただけでプライドが傷つきそうだ。

なのに皮肉なことに、それでも抱きたいほどの魅力が志摩にないわけではない。

「あ、あのな、志摩……」

「なーんちゃって」

不意に目を上げて、志摩が笑った。「そんなに困った顔をするなよ、天宮。オレがいじめてるみたいじゃないか」

「志摩……？」

「森川先生の右手の指輪、あれ、天宮が森川先生の誕生日にプレゼントしたんだろ？」

「ええっ!?　どっ、どうして知ってるんだよ、志摩！」

「ははは。左手の薬指にって渡されたわけじゃないのがニクイけどって、森川先生言ってたぞ」

「ナイショだって、あれほど――！」

「内緒だろ？　森川先生、オレ以外には喋《しゃべ》ってないよ」

そのセリフに、天宮は神妙な表情でじっと志摩を見る。

「あー、それって……」

「なにがきっかけでバレたのかなあ、森川先生、天宮の言う昔の恋人はオレだって、勘づいてたよ」

「――あちゃーっ」

「ということで、いよいよ年貢の納め時だな、天宮。あんなに鋭い女性と結婚するからには、もう、うかうか遊んでいられないよなあ」

「おま、お前、知ってて俺をからかったな！」

ここまでのやりとりは、そういうことだったのか！

「リベンジ、ということで」

からかうように笑った志摩は、「だから昔のことは、これで流そう。お互い、もう、きれいさっぱり流してしまおう」

微笑んだまま、天宮に告げた。


「志摩がなにを考えてるのか俺にもよくはわからないし、あいつの真実を確かめられるのは、おそらくこの世で海野だけだからな」

志摩先生の、真実？

「……それ、どういう意味ですか」

「きみはあいつが好きで、あいつもきみが好きなのに、どうして現在ふたりはつきあっていないのか、その理由はあいつしか知らないし、理由を知る権利があるのは海野だけだってことだよ」

「知る権利なんて、そんなもの、俺には——」

「あるんだよ、海野には」

　からりと笑った天宮は、「まったくもって残念ながら、俺が訊いたところで、基本的に外見に見合わないくらい強情な男なんだよ、志摩は。だから絶対、本当のことは言わないだろうからな」

　実際、何度もはぐらかされてる。

「でも、そもそも、志摩先生は俺のことなんか、別に、どうとも」

「信じられないってんなら、それでもいいけどな」

「だいたい、天宮先生も、志摩先生のこと、好きなんじゃないですか！　なのにそんなこと俺に言うなんて変ですよ！」

「それそれ、それ、よく誤解されるんだけどさ、違うんだなあ。それに関してだけは、当の本人が言うんだから、ぜひ信用してもらいたいんだが、俺は常に新しい恋に生きる男なんだよ、海野。志摩とはもう、まるきり色気のない関係なんだね。それはもう、仕方のないことなんだねえ」

　どこまでもふざけた調子の天宮に、その内容を素直に信用できるかと訊かれたら、光には無理な注文であった。光が志摩を好きだっただけでなく、志摩も光を好きで、今も好かれているなんて、容易に信じられるわけがないのだ。

天宮がどう言おうとも、光を見かけた時の困惑したような志摩の眼差しだけが、今の光の真実だったから。


喧噪《けんそう》から取り残された印象の、校舎の一角。

「なっつかしぃー」

社会科資料室。あの日、志摩を呼び出した、場所。

いつもは施錠されていないドア。文化祭だからさすがに鍵が掛かっているのかと思いきや、試しにノブを引いたら、ドアが開いた。

「相変わらず不用心だなあ」

不法入室(?)を狙った自分を棚に上げてナンなのだが、笑ってしまう。

表向きはバリバリの進学校なのに、その実のんびりした校風が、良くも悪くも、こんなところにも表われている。

懐かしさと、苦い想いとで、光は目を細めた。——雑然とした埃《ほこり》っぽい室内はあの時のままだ。志摩を押し倒し、乱暴した大きな机。積もった埃も、変わらない。

その時、廊下に足音が聞こえた。

あろうことか、資料室のドアの前で立ち止まる。

「うわ、無断でここにいるのがバレたら、ヤバイじゃん」

卒業生とはいえ、もう既に在校生ではないのだ。『関係者以外立入禁止』の教室には、立入り禁止の身なのだ。

慌てて物陰に身を潜めた直後、ゆっくりとノブが引かれ、——志摩が入ってきた。

ドクリと、心臓が鳴った。

（なんで？　なんで志摩先生がここに？）

ひどく疲れたような表情で室内に数歩進んだ志摩は、溜め息を吐くと、埃だらけの机に両手をついて、ぼんやりと俯《うつむ》いた。

『そんなことはないさ、あいつもきみが好きだったんだから』

天宮のセリフがふと脳裏に浮かんだ瞬間、光の携帯が鳴り出した。

つかさからのコール。——なんてタイミングで電話してよこすんだよ！

明らかに自分のものではない、突然の携帯の着信音にギョッと周囲を見回した志摩は、だが室内に人がいるわけではないので、

「携帯の忘れ物か？　校内では電源を落とす約束なのに、まったく校則を守る気がないからなあ、最近の生徒は」

ぼやきつつ、音のする方を探る。

急いで電源を落としたものの、当たりをつけた彼が、こちらへ確実に近づいてくる。

巨大な地図を筒状に丸めて壁へ何本も立て掛けてあるエリア。ひょいと裏を覗《のぞ》き込んだ志摩と、目が合った。

「――!?」

息を呑んで、志摩が立ち竦む。

無言の空気がふたりを支配した。

やがて、呪縛から逃れたように身を翻《ひるがえ》した彼の腕を、咄嗟《とっさ》に摑《つか》んだ。摑んで、力任せに引き寄せる。

床に彼が崩れ落ちた。

何度も抱いた愛しい人が、今、腕の中にいる。

「離せ、海野」

何度も重ねた口唇が、今、目の前にある。

「先生、クルマ、売ったんだって？」

「え？」

「なんで？」

「どうして売ったりしたんだよ」

「使わないからだ」

「それって、あのクルマ、俺とのデートの為だけに、買ってくれたってことなんだろ」

自分がラクしたいからだなんて、ウソばっかり。

「海野、彼女が喫茶室で待ってるぞ」

呼吸も苦しげに志摩が言う。

「口からでまかせ、言うなよな」

そんなこと言って逃れようとしても、無駄だ。

「口からでまかせなんかじゃない」

「なら彼女のことを、なんで先生が知ってるんだよ」

「渡り廊下で会ったからな。同じ大学なんだって？」

華やかな女の子。「似合ってるじゃないか、きみと」

似合ってる？　――俺と？

それは、普通なら褒め言葉のはずなのに、志摩に言われて、光の気持ちの奥の方が、ひどく傷ついた。

「つきあってなんか、いませんよ。彼女が勝手にそう言ってるだけで」

「ひどいこと言うんだな、海野。そんなに冷たいヤツだとは、知らなかったよ」

「冷たいのはどっちだよ。つれなくしたのは、先生だろ。俺が卒業した途端、携帯の番号変えたじゃないか」

そうだよ、そんな仕打ちをされてるのに、俺が好かれてるわけあるか。「彼女だって、俺のことなんか好きじゃないさ。そりゃ、嫌われてもいないけど、俺は彼女のステップのひとつなんだ。もっと条件の良い男がいたらさっさとそっちへ乗り換える、その程度のつきあいなんだよ」

「……でも、つきあってるんだろ？」

「そういうことにしておいた方が先生にとって都合が良いなら、それでいいよ」

皮肉に笑いながら体を起こすと、光は埃を払って立ち上がった。「どうせ俺、恋愛運、最悪だから」

「海野……」

光はシャツの袖口を引っ張ると、左の手首に付けていた腕時計を外して机に置いた。

「これ、返す」

あれからずっと大切に付けていた時計。「さよなら、先生」

卒業の時ですら言わなかった一言を、彼に告げる。――辛くてとても口にできなかった、その一言。

始まりがここで、終わりがここなら、きれいなものじゃないか。

わけがわからず始まって、わけがわからぬまま終わっても、それでもいい。

なにもかもが苦しくて、たまらない。


「どこに行ってたのよ、もうー」

光の友人や後輩たちに囲まれて、にこやかに彼女が言った。

「嬉しそうだな、つかさ」

冷ややかな光のセリフに、

「え？」

彼女が戸惑う。

「好きなだけチヤホヤされてろよ、俺は帰る」

「光くんっ⁉」

「おい光、その言い方はあんまりだろ」

「つかさ、俺より好条件の男なら、ここにウヨウヨいるから、さっさと別のに乗り換えろよ」

光が言った途端、周囲の男たちが一瞬、引いた。

「なっ、なによ、どうして乗り換えなきゃならないのよ、私、あなたが好きだから、あなたとつきあってるのよ」

周囲の視線をキョロキョロ気にしながら、彼女が反論する。

その行為だけで、どっちの言い分に説得力があるか、残念なことにわかってしまった。

立ち去る光を、誰も止めない。

「ひっどーい、光くん」

泣きべそをかく彼女に、どう声をかけたら良いのかも、わからない。

だがどんなに計算高くても、それでもこんなに可愛いから、きっと彼女にはすぐに次の彼氏ができるんだろうな、と、皆が心中密かに思っていたのも事実である。

校門を出て、夕飯は家で食べるからと、実家の母親に電話しようとして、携帯がないのに気がついた。

「どこで落としたんだろう」

社会科資料室では、確かに持ってた。

タイミング悪くつかさから電話がかかってきて、急いで電源を落として、あれから、どうした？

「落としたんだ、あそこに」

志摩を押し倒した時、落としたのだ。「……はあ」

なんてマヌケな俺。

やむを得ず、踵《きびす》を返す。

顔見知りと出会わないよう、さっきとは別のコースで社会科資料室へ向かう。

一歩部屋に入って、光は固まった。

仰向けに倒れたまま、顔を両手で覆うようにして、志摩が、そこにいた。

机の上にはあの腕時計が、光が外して置いたまま、そのままになっていた。

物音に気づいて、志摩が素早く身を起こす。――驚いて光を見た志摩の目が、濡れていた。

「な、にしてんだよ、先生」

「き、きみこそ」

「俺はっ、わ、忘れ物をしたから取りに来たんだ」

「……そうか、ごめん、気づかなかったよ」

優しい志摩先生。ここで俺に謝ることなんか、ないのに。

こんなに優しいのに、どうして――。

「なにを忘れたんだ？」

立ち上がる志摩は、床に目を巡らす。

「携帯電話」

「携帯？　ああ」

立て掛けた地図の陰、奥に、メタルの輝き。

屈んで拾うと、志摩は光に手渡してくれた。

「あ、ありがとうございます」

受け取る為に差し出された、光の手のひら。懐かしい、手のひら。

携帯をそこへ乗せながら、志摩はそのまま光の手のひらにそっと手を重ねた。

「……先生？」

「姑息《こそく》なことばかりしてて、悪かったな」

ゆっくりと力を入れて、光の手を握ると、

「なに、姑息って」

光が握り返してきた。

「きみが天宮の名前を利用してオレをここに呼び出したこと、知ってたんだ。きみがオレに伝言をよこした、その少し前まで、オレは天宮と一緒にいたんだよ」

「……じゃあ、俺のウソだと承知で、先生、ここに来たんですか」

「追い詰められたきみが、オレに告白してくれたらどんなにいいだろうかと、思ってた」

「――先生？」

「きみに乱暴されながら、オレもきみを抱いていた」

被害者のふりした、オレは加害者だったから。「あれじゃ、奪われたのか奪ったのか、わかんないよな」

「なんで……？」

「なんで、って？」

「先生、俺のこと、好きだったのか？」

「そうだよ」

光は大きく、息を呑む。釣られて、握った手に強く力が入った。

「いつから?」

いつから俺のこと、好きでいてくれた?

「さあ、いつだろう」

光といる、ふとした時の居心地の良さが心に残った。それからなんとなく気になり始めて、気づくといつも目が探していた。

自分を慕ってくれる生徒は皆、可愛いし、贔屓《ひいき》をするとかそういうことではなくて、それは人情なのだけれど、他の誰でもなく、邪気なく慕ってくれる光が、もっと近づいてきてくれたらいいのにと、いつしか思うようになっていた。どの先生でもなく、自分だけを特別に慕ってくれたらいいのに、と。

恋心を自覚したらもう駄目で、想いはどんどん募ってゆき、自分でもどうしていいかわからなくなるほど光が欲しくてたまらなくなった。けれど立場上自分から動くわけにはいかないから、だからレイプさせたのだ。あらゆる無言の誘いをかけて、光を追い詰めて、追い詰めて追い詰めて、切羽詰まった光が自分をどうにかしてしまうように仕向けて、そして、それは叶ったのだ。

「あの日、ここで、そうなって、オレはもう、それだけでよかったんだ」

邪《よこし》まな欲望は満たされたのだから、それ以上を望むつもりはなかったのだ。「なのに、突き放したはずのきみが、あそこまでひどいことを言われれば当然、オレから離れてゆくと思っていたきみが、むしろどんどんオレに近づいてきて、あれきり、きみを諦めるつもりでいたのに、きみは毎日のようにオレの部屋を見に来るし、せっかく、あれを限りに諦めようとしていたのに……」

諦められなくなってしまった。

「——そうか。だから、嫌われてたわけじゃないから、俺、ピザん時、部屋に入れてもらえたんだ」

あの時はちっとも気づかなかったが（実年齢はさておき、感覚が幼稚で気づけなかったが）普通、自分を強姦した相手を部屋に招き入れたりするなんてことは、絶対に起こり得ない。

——起こり得ないはずのことが起きたという意味や理由に、光がもっと大人だったら、あの時、とっくに、気づいていたはずなのだ。

「でも、じゃあ、それってつまり、天宮先生を当て馬に使ったって、こと？」

「ある意味、そうだよ」

光が毎日アパートを、自分の部屋を見にやって来る。

遠ざけたいのに、そうせねばならないのに、なにをするでもなくただ自分を想って佇《たたず》んでいる光を、その訪問を、心待ちにしている自分を否定しきれなくなっていた。

もうどうしたらいいのかわからなくなって、気づくと天宮を招いていた。部屋を訪れた天宮を見て、なんだそうか、と、自分のことを諦めてくれればいいと、――いや、違う。むしろ、遠くから見ているだけでなく、嫉妬に駆られていっそここまで来てしまえ、と、心の奥では強く望んでいたのかもしれない。

今では言い訳に過ぎないが、だが天宮のことは、結果的にはどうあれ、最初から当て馬に使うつもりではなかったのだ。

「なら、なんで?」

『あいつもきみを、好きだったんだから』

「俺のこと好きなのに、どうして言ってくれなかったんだよ、先生?」

それどころか、どうして別れなければならなかったんだ?

「まがりなりにもオレは、教師だから。最後の一線は守るべきだと思ったんだよ」

「だから好きだって、教えてくれなかったのか?」

「オレは、欲望に負けて道を外した。きみを、巻き添えにした。どんなに倫理から外れてると指摘されようと、オレは、きみとの時間を失いたくなかった。楽しかったんだ、きみといられて。しあわせだったんだ、すごく。だから、――ごっこで終わりにすることが、せめてもの、罪滅ぼしだったんだ」

「誰への罪滅ぼしなんだよ。そんなの、俺、ちっとも嬉しくないよ」

「未来のきみへの、罪滅ぼしだよ」

「未来の、俺？」

なんだよ、それ。

「思ったんだ。今は確かにきみはオレを好きだろう。けれどそうじゃなくなった時、きみに言い訳が立つような逃げ場を作っておいてあげなければって」

『向こうは俺を好きじゃなかったし、俺も若気の至りだったんだ』

本気じゃなかった、というのが、どれほどの慰めになるのかはわからないが、それが不実な言い訳だとしても、次に本気の恋に出会った時、以前の恋が彼にとって『重い過去』になってしまうのが怖かった。——無理やり飲み込んだ切ない傷。自分に残るそんな傷を、そんなものを、光には、これっぽっちも、残したくなかったのだ。

「笑い話にしてあげたかったんだよ」

結局俺の片思いだったんだけどさ、男相手にひとりでムキになって、な、笑っちゃうだろ？

そんなふうに、簡単に片付けてもらいたかったのだ。

「なのに、きみに、どうせ自分の恋愛運は最悪だって言われて……」

突き放すようにさよならと告げられ、志摩としては、気持ちを込めて渡した腕時計すら返されて、なにより、必死に守ったはずの光の未来もなにもかも、すべてが否定された気がして、辛くて辛くて、どうしようもなかった。

矛盾したいろんなことが、もう抱えきれなくて、ここからどこへも行けなかった。

「先生……」

引き寄せると、彼は引き寄せられるままに、腕の中へ戻ってきた。

抱きしめて、爽やかな匂いの彼の髪へ鼻を埋める。

「海野……」

「はい」

「海野は最後まで気にしていたが、償いなんて、そんなもの、そもそもしてもらわなくてよかったんだよ」

あれこそが、詭弁《きべん》だったのだから。「むしろ、償わなければならないのは、オレの方だったんだ」

だから別れた。

別れるべきだと、思っていた。

「先生」

なのに、

「……先生」

自分を包むこの両腕から、もう抜け出せない。

「すまなかったな、海野」

「もういいよ」

もういい、そんなこと。

それよりも、

「先生、恋人ごっこ、期間延長してくれよ」

想いを込めて、ぎゅっと彼を抱きしめる。「ごっこでいいから、俺が大学卒業するまで、俺とつきあってよ、先生」

ちゃんと、想われていた、この人に。

「遠距離恋愛は、苦手だな」

「そんなに遠くないよ、電車で一時間半なんて」

もしかしたら、自分が想う以上に、想われていた。

「……こんなことなら、クルマ、手放さなければ良かったな」

「いいよ、今度は俺が買う」

先生。

「え?」

「だって俺、もう高校生じゃないんだぜ。先生、俺、運転免許持ってるんだよ」

「そうなんだ。——そうか、そうだよな」

きみはもう、高校生じゃなかったんだな。

「なあ、期間延長、してくれる?」

「ただし、条件がある」

「期間を待たずに、俺や先生が心変わりしたら、その時点でごっこは終わり、だろ?」

「わかってるじゃないか」

笑った志摩に、光の頬も弛《ゆる》んだ。

「好きだよ、先生」

「オレもだ、光」

深く口唇を求めながら、床へ崩れた。

脳髄が痺《しび》れるような久しぶりの口づけに、理性が弾けそうになる。

「先生、——先生、もう一度呼んで」

口づけの合間に光が言う。

「ん?」

「今、俺のこと、光って呼んだ」

「あ……」

想像の中ではいつもそう呼んでいたけれど、本人を前にした時はいつだって理性を必死に働かせていた。

「先生、もう一度、光って呼んでくれよ」

志摩の熱い昂《たか》ぶりを手の内に感じながら、

「……ひかる」

甘い囁《ささや》きのような志摩の呼びかけに、光はむしゃぶりつくように志摩をかき抱いた。

熱　情〈バレンタイン編〉

『あいつは、自分の全部で恋をするから――』


「ううう。それにしてもさっむいなあ、さすが二月だ」

放課後の人気のない職員室、本日の部活が終わり、大袈裟《おおげさ》に身を縮めながら廊下から入って来たジャージ姿の天宮《あまみや》は、寒さなど微塵《みじん》も感じていないような、綺麗に伸びた背筋を見せて自分の席に座っている志摩《しま》を見つけるなり、破顔した。「おっ、珍しい、まだ残ってたんだ、志摩」

「かろうじてね。これから帰るところだよ」

「牽制《けんせい》するなあ」

苦笑した天宮は、だが、かまわずに、「なあ志摩、鍋、食べに行こう、鍋！」と、夕飯に誘った。

「ふたりきりで？」

意味深に切り返した志摩へ、

「たまには男友達と夕飯を食べても、バチは当たらないだろ」

照れ隠しなのか拗《す》ねたように天宮が応える。

「オレじゃないよ、オレが気にしてるのは、きみの方。昔の男とふたりきり、なんて、彼女の不興を買わないといいけどね」

「買ーいーまーせーん」

言い切って、「みょーに理解あるんだよなあ、ちょっとコワイくらいだよ」

ある意味、マジで、そう言った。

「天宮をびびらせるなんて、さすがだな」

笑った志摩は、「鍋か、久しぶりだな。あればかりは、ひとりだとね」

「だろだろ？　では、決まり！」

「あー、食った食った」

両手をこすりあわせて、人心地。「やーっぱ鍋はいいなあ、体の芯からあったまるよ」

あちこちで湯気の立つ店内。雰囲気だけでもあったまりそうである。

食べ過ぎてもう入らないと言いながらも、

「仕上げはやっぱりおじやだよなあ」

上機嫌の天宮は、すっかり鍋奉行で、てきぱきと鍋に残った汁へご飯を入れると、火加減まで気にして、おじや作りに精を出す。

「良い旦那になりそうだな、天宮」

からかいつつ、志摩は壁の時計が、——時間が気になり始めていた。もうじき十時だ。胸ポケットの携帯にそっと視線を移し、しばらく迷ってから、

「あ、天宮——」

「はい、お待たせ！　できたてあつあつを召し上がれ！」

天宮はおじやを小鉢によそって、目の前に差し出してくれる。

やむを得ず受け取って、ひとくち口へ運ぼうとした時に、携帯が鳴り出した。

着信は、光《ひかる》。

「悪い、ちょっと」

ひとくちもつけぬまま、志摩は携帯を手に、急いで座敷から立ち上がる。

ピンときた天宮は、

「ごゆっくり」

と、にやにや笑いで、志摩の背中を見送った。

毎晩十時は、光からの定期便がかかってくる時間だ。バイトの途中、短い休憩を利用してかけてくれることもあるので、たいてい会話は短いけれど、志摩にとっては（もちろん光にとっても！）大切なひとときであった。

誰にも電話の邪魔をされたくなくて、寒さを覚悟で志摩は店の外に出る。

吐く息が真っ白だ。

「もしもし？」

「あっ、先生？　そっちどう？　今夜もすっげ、寒い？」

「風が頬《ほお》に痛いからね、雪でも降りそうだよ」

「え、なに、外にいるの、もしかして？」

なんで？　アパートにいるんじゃないの？

いきなり不安モードになった光を察してか、

「珍しく天宮に誘われて、鍋を食べに来てるんだよ」

あっけらかんと、志摩は言う。

「天宮先生？　むむむ。まさか、ふたりっきりってことは、ないよね」

「ははは、心配することはないって。それより、バイトの方はどうなんだ？」

「あ……、それなんだけど、先生ごめん、やっぱ十四日は休めないって」

「それはそうだよな、カフェなんて、ある意味十四日が書き入れ時だ」

「食い下がってはみたんだけど、それでなくても人数足りないから、絶対休んじゃダメだって店長に言われちゃって」

「しょうがないよ。光のバイト代、他の皆よりちょっと高めなんだろ？」

「うん、店長が皆にはナイショだけど、頑張るならって」

「文句、言えないよな。お金貯めて、クルマ、買うんだものな」

「うん。――せっかくのバレンタインなのに、会いに行けなくて、ごめんね、先生」

「十四日が平日でなけりゃ、オレがそっちに行くのにな」

「えええええっ!?」

「なんだい、どうしてそんなに驚くんだ？」

「だってだってだって、や、心臓、止まるかと思った」

「なにげに失礼だな、光」

「ごめん。――へへっ、でも、気持ちだけですっごい、ウレシイ。ありがと、先生」

「光、休憩時間、いいのか?」

「あっ、やばっ! じゃ、先生、また電話するね」

「あんまり無理するなよ」

「うん。先生もね。――なるべく早く、アパートに帰ってよね」

「わかってるよ」

「じゃあね」

「じゃあな」

ぷつっと携帯の通話を切りながら、志摩は軽い光の嫉妬《しっと》に頰が弛《ゆる》んだ。そして十四日に会えないことに、少しだけ、寂しさを感じつつ、店内へ戻って行った。


二月十四日、バレンタインの当日は、学校にチョコレートの持ち込みは禁止。と、表向きはそういうことになっているのだが、例年、そうなのだが、一度も守られたためしがない。どこ

ろか、女生徒たちは教師にまでどっさりこんと、チョコレートを持って来る。

大きな紙袋いっぱいに、色とりどりのチョコレート。

「毎年のこととはいえ、志摩先生、そんなにたくさんのチョコレート、どうしてるんです？」

校医の森川《もりかわ》女史にこっそり訊かれ、

「天宮は、いつもどうしてるんですか？」

と反対に訊いた。

とっくに日没を迎えた放課後の廊下、帰宅すべく職員用のゲタ箱に向かう途中、志摩は偶然一緒になった森川女史と、のんびり話をしながら歩いていた。

「いつも、ですか？」

彼女は艶《あで》やかな微笑を作ると、「例年はともかく、今年は、どこかの児童施設に寄付、かしら？」

「それはいいですね、なら、これも一緒に――」

と志摩が紙袋を差し出しかけた時、廊下の向こうから女子生徒がふたり、手を繫《つな》いで全力疾走してきた。

「志摩先生、良かった、まだ帰ってなくて！」

肩で呼吸をしながら、ふたりの女生徒は眩《まぶ》しそうに志摩を見上げる。

森川女史は微笑ましく彼女たちを眺めると、志摩へ軽く会釈して、静かにその場を後にする。

「うわっ、聞きしに勝るすごい量」

ひとりが志摩の手にした紙袋を覗《のぞ》き込み、「でもいいの、先生、私のも受け取って！」

「あ、ああ」

気迫に押されるように受け取る志摩に、

「ほら、みちるも！」

彼女は肱《ひじ》で友人の脇腹をつつく。「そんなに緊張してないで、ぱぱっと渡しちゃいなさいよ」

「う、うん」

だが、みちるは紙袋のたくさんのチョコレートが気になる。あんなにたくさん、先生を好きな人がいる。——私なんて。

「ねえ聞いて、先生。この子ってば、先生にチョコレート渡したくて、朝からすっごい緊張してるの」

言われて見ると、顔色があまりよろしくない。

「オレなんかに、そんなに気を遣ってくれなくていいのに」

冗談めかして志摩が言った時だった。いきなり、みちるが口に手を当てて、その場にうずくまった。

「きゃっ、みちる？　どうしたの？」

女生徒の声を聞いて、森川女史が駆け戻って来てくれた。

「なんて顔色」

廊下にみちるをゆっくりと横にさせ、森川女史は膝《ひざ》をついて、みちるのスカートのホックを外し、「志摩先生、あっち、向いててください」

ファスナーも降ろすと、制服の首元を開き、更にブラウスの中へ手を入れて、「もう、なんだってイマドキの子は！」

いまいましげに続けてから、「ちょっとまずいかも。志摩先生、救急車、呼んでいただけます？」

志摩は頷《うなず》き、急いで携帯から一一〇番した。


さすが二月十四日、バレンタインの夜だけはある。カップルばかり、引きも切らずにぞろぞろと。

光のバイト先のカフェは、お茶だけでなくカフェ飯も美味で、お洒落《しゃれ》な女性だけでなく、カップルにも大人気なスポットで、なので今夜は大忙し。

　店内ではチョコレートケーキも食べられるのだが、ショーケースにはちょい高めだが、味は絶対保証付きのチョコレートも販売されていた。

「どこもかしこもチョコレートだらけで、俺はカナシイ」

　いや、ムナシイ。

　もしここに志摩がいれば、チョコレートケーキを食べてもらうなり、あのチョコレートをプレゼントするなり、できるのに。

　いや、志摩にここに来てもらうなんて、そんな贅沢《ぜいたく》はとんでもなくて、光はここでチョコレートケーキかチョコレートを購入し、志摩の元へ、持参するつもりでいたのである。もしバイトが休めたならば。

「ほら光、きりきり働く」

　厳しい店長の突っ込みを受けて、

「うぃっす！」

　光は気合いを入れると、華やかに賑わう店内へ出て行った。――この分では、いつもの十時の定期便さえままならないかもしれない、更にカナシイ予感を抱きつつ。

やっとみちるの容態が落ち着いたのが、八時頃。

救急車で付き添っていた森川女史と志摩のふたりは、病室に医者が改めて診察に訪れたのを機に、廊下に出て、少し、話をした。

「朝から顔色が悪いはずよね。ワンサイズちいさめのボディスーツにウエストニッパーまで。そんなにぎゅうぎゅうに締めつけてたら、酸欠続きで、気分だって悪くなるわよ」

「どうしてそんな無理を」

「あらだって」

森川女史はじっと志摩を見上げて、不意に微笑むと、「いじらしい乙女心。って、ことかしら」

今日は勝負の日なのだ。好きな人にチョコレートを渡すのに、少しでも綺麗に、——スレンダーに見せたいのが乙女心ではないか。冬服の制服では、あちこちモコモコで、その効果がどれほど表れるのかはナゾなのだが、いじらしいことに違いはない。

「はあ、乙女心、ですか」

ぼんやり頷く細身の志摩に、好きになった男性が自分より細いと、女の子は苦労するものなのよ、という説明は、おそらく付け加えない方が賢明であろうと判断し（細身と言われて、きっと志摩は喜ばないだろう。この人は、好んで痩《や》せてるわけではなさそうだから）、

「ともあれ、良かったわ、大事に至らなくて」

森川女史はホッと安堵《あんど》の息を吐く。「あの子、二年の吉永《よしなが》みちるって子なんだけど、父ひとり子ひとりの、父子家庭なのよ。病院の事務の人が会社に電話を入れてくれたんだけど、お父さま、まだ仕事が抜けられないんですって」

「そうなんですか、大変ですね」

「吉永さんの担任、渡辺《わたなべ》先生ってばね、ご本人がインフルエンザで本日お休みしているにもかかわらず、学校から連絡が入って、吉永さんが救急車で運ばれたと聞いて、病院に駆けつけようとして奥様に止められたそうよ。具合が悪いところにインフルエンザの菌をばらまいたら却《かえ》って大迷惑でしょ、って」

「あはは」

「ということで志摩先生、彼女には私が付き添いますから、先生はもうお帰りになったら？」

「森川先生こそ、帰らないと、寂しがってるのがいるんじゃないですか？」

志摩の問いに、森川女史が笑う。くすぐったそうに。

「病院に私が付き添ってるのは知ってるから、そうやさぐれてもいないんじゃないかしら？」

「もしかして、部活が終わったらここへ迎えに来ることになってるとか？」

「約束はしてないけど、やりそうよね、あの男は」

「そんな、悪さをするんじゃないんですから、そんな言い方は」

笑ってしまう。相変わらずの、子供扱いだ。

「それに志摩先生、お腹、空いたんじゃありません？　もう八時になるんですよ」

「いや、そんなには」

バタバタしていて、空腹のことなどすっかり忘れていた。もともと、さほど食事量の多い方でもないのである。休日など一食で済ませることもよくあった。「それに、今夜は特に予定はないですし、この病院からなら自宅のアパートまでそんなに離れてないですし、吉永の父親が来るまで、オレが付き添ってますから、森川先生は、本当に」

「そう？　ありがとう」

静かに告げられ、森川女史もやっと承知する。「でも、志摩先生にバレンタインの予定がないなんて、信じられないわ」

「そうですか？」

「案外、アパートのドアの前で待ってる人がいたりして」

「そりゃ、コワイ」

「あははっ、そうね、ストーカーみたいで怖いですね」

紙袋の中のたくさんの好意。――ありがたいけれど、重くもある。

「森川先生、申し訳ないんですが、天宮のチョコレート、本当にどこかへ寄付なさるなら、これ、一緒にお願いしてもいいですか?」

「それはかまいませんけれど、でも志摩先生、中に手紙とか入ってないんですか?」

「入ってないです」

チョコレートそのものは受け取ったが、添えられた手紙の類いは断った。本当は、義理チョコですら、受け取りたくはないのである。

「――わかりました。では、このチョコレートたちは、私がお預かりします」

「助かります、ありがとう」

「天宮も志摩先生のように感謝してくれるといいんだけれど」

森川女史はくすくすっと笑って、おお、けっこう重いわ。と、紙袋を手に、立ち去った。

それでも、いくらなんでも十時には帰れるだろうと予想していたのに、九時半を過ぎようとしているのに、吉永みちるの父親は、まだ病室に現れなかった。

「ごめんね、先生」

何度となく、つい、腕時計を見てしまったせいだろうか、鼻先まで掛け布団を引き上げて、すまなさそうにみちるが言う。

「なにが?」

「だって、今日、バレンタインだもの。……恋人と、会う予定だったんでしょ?」

「いや、今日はそんな予定はないから」

「――今日は?」

クスクス笑いで誤魔化した。笑って、胸が痛むのを誤魔化した。……ああ、やっぱり、いるんだ。志摩先生に、恋人。

それはそうだよね、こんなにステキなんだもの、いないわけ、ないよね。

「こら。おかしな突っ込みしてないで、余計な心配もしなくていいから、お父さんが来るまでちゃんと付き添っててやるから、少し眠りなさい」

約束がないのは事実だが、時間が気になっているのも事実だ。父親がまだ現れない。だが、憔悴《しょうすい》しきった生徒をひとり残して、病室を離れることもできない。

病院内、ずっと電源が切られたままの携帯。光のことだ、十時になっていつものように電話をくれたとして、繋がらないとわかればメッセージセンターにメッセージを残してくれるだろう。それを聞いて、でも聞くだけでは我慢できなかったら、何時になっていたとしても、それが光にとって迷惑な時間だとしても、電話をしよう。

そう決めて、まだ現れぬ父親をどこかで責めてる自分の気持ちにケリをつけた。

バレンタインの夜が、静かに静かに更けてゆく。

「光。一段落したからいいよ、もう帰れ。ほら、お土産」

屈んでコーヒー豆の補充をしようとしていた光の頭に、ぽこんとケーキの箱が置かれた。

「でも店長、まだ閉店までに一時間以上ありますよ?」

確かにテーブルはピークの喧騒《けんそう》を過ぎ、半分くらいしか埋まっていないのだが。

「これから客が来るってことも、そうはなさそうだからな」

なにせ今夜はバレンタイン。いつまでも、カフェでいちゃいちゃしているカップルはいない!

「それ、持ってけ」

店長から渡されたのは、売り切れたはずのチョコレートケーキ。

「これ……」

「少し形が崩れたからな。売り物にはならないから、夕飯がわりにでもしろよ」

「ええっ？　アリガトございまっす！」

「じゃ、また明日な」

「お先に失礼しまーっす！」

ギャルソン姿を私服に着替えるのももどかしく、光はチョコレートケーキを手に、駅まで猛ダッシュした。

電車に乗る前にと、駅のホームで十時を待たずに電話して、だが携帯が繋がらない。次にアパートに電話して、そちらも留守録になっている。

「……先生？」

どうしちゃったんだろう。

光との約束がなくなって、もしかして、誰かと出掛けてしまったのだろうか。——誰と!?

「あ、まみや、せんせい？」

いや、まさか。だって天宮には（生徒たちには内緒だが）森川先生という、結婚を前提におつきあいしている彼女がっ！

だがしかし、それとこれとは別だとか、

「言いそうだよ、天宮先生」

情けなく眉を寄せ、だが、「や、とにかく、先生のアパートまで行こう。その頃までには帰ってるかもしれないし。――うん」

光は、我と我が身を励まして、ホームに滑り込んできた電車に急いで乗り込むと、走る速度ももどかしく、その場で足踏みなんかしたりする。

――あれから何度となく電話をしているのに、携帯もアパートも、繋がらない。そんなこんなしている間に、志摩のアパートに着いてしまった。

窓に明かりは見えず、チャイムを押しても返事はない。

「うわ、ホントに留守だ」

先生、どこに行っちゃったんだろ。

だってもう、十一時を過ぎている。

やけに心臓がドキドキしていた。めっちゃ不安で、いたたまれない。

光は携帯をじっと見て、

「もういいや、この際！」

天宮の携帯に、電話をした。

それは簡単に繋がって——。

晴れて入手した、新しい十一桁《けた》の数字。——入力したアドレスのグループ項目は、もちろん『恋人』だ。

改めて、新しい携帯の電話番号を教えてくれた綺麗な人は、

「初めてオレの携帯の番号を教えた日のこと、覚えてるか？」

と、光に訊いた。

「うん、覚えてる」

「あの時、かけていいなんて言われたら、毎日どころか一日に何度もかけちゃいそうだと、言ってたよな」

「うん」

「なのに、一日に何度もどころか、一日に一度、あるかないかだったよな」

「——先生？」

それって……。「だって俺、先生に迷惑かけたくなかったから。だから、遠慮して、必死に

我慢してたんだ」

「知ってたよ」

もどかしいほど、わかってた。「でも、迷惑なんかじゃないから」

「先生……?」

「もう、遠慮なんかしなくていいから」

志摩の綺麗な横顔が、僅《わず》かに俯《うつむ》く。


後夜祭の準備に向かう志摩と別れて、実家へ帰宅すべく学校を出ようとした光は、だが、思い直して職員室に天宮を訪ねた。

『そんなことはないさ、あいつもきみが好きだったんだから』

それが事実であったこと。それを報告すべきと、思ったのだ。

当て推量であれ、天宮は、志摩の気持ちを光にわざわざ教えてくれたのに(考えようによっては、あれは敵に塩を送るような行為なのに)それを真っ向から否定して、天宮を信用しなかったことを、詫《わ》びたかったし、ちゃんとお礼も言わなければ、と、思ったのだ。

「お、にやけヅラした別人発見！」

だが、なにを報告するより前に、天宮にあっさりからかわれた。

さっきとは打って変わり、文化祭の後片付けや次の準備に職員室は立て込んでいて、天宮は光を外へと促した。

「ま、細かい展開はさておいて、めでたくカップル誕生ってことか？」

「はい。一応」

「俺の読み、外れてなかっただろ？」

得意げに、天宮が笑う。「さすがは昔の男だよな」

「あの、それなんですけど――」

ふたりはいったい、いつ頃に、どんなふうにつきあっていたのだろうか。

知りたいけれど、訊きたいけれど、

「なんだ、海野《うみの》？」

「あ、いえ、別に」

光は慌てて、首を振った。

そんな差し出がましいこと、やはり、訊けない。

「あいつは、自分の全部で恋をするから」

出し抜けに、天宮が言った。

「──は？」

「志摩だよ、志摩。自分の全てを、恋した相手に合わせてしまうんだ。あいつは、そういう恋しかできない」

「自分の、全部……？」

言われてみれば、確かにそうだ。

思い当たることは、たくさんある。

クルマだってそうだし、電話のこともそうだ。

ごっこも、そう。

別れを告げられたことですら、全部、全部、光の為だ。

「なーにニヤけてんだよ」

ちいさくこづかれ、「──その違いか」

自嘲《じちょう》気味に溜め息を吐いた天宮に、光が不思議そうな表情《かお》をすると、

「俺にはそれが負担だった。なにもかも、合わされることが」

天宮が言った。

「……それが、別れた理由ですか？」

「そうゆうこと」

けれど天宮は晴れやかに微笑む。

それが負担にならないなら、むしろ喜びになるのなら、――永く続く恋になる。

「ちょっとだけ、妬《ねた》ましいかな」

「は？」

「いや、なんでも」

少しだけ、光が羨《うらや》ましい気がした。

「ま、志摩のことでなにか困ったことがあったら、遠慮なく『昔の男』に相談しろよ」

「えっ？　あ」

するりと携帯を奪われて、天宮は勝手に自分の携帯の電話番号を入力し、「ついでに海野の番号も、と」

更に勝手に、入力直後に通話ボタンを押す。

「せっ、先生っ！」

「これで海野の番号もわかったし、ほい」

ぽんと携帯を戻されて、光は苦笑を隠しきれない。

「志摩のこと、大事にしろよ」

「え?」

いきなりの天宮の真顔に、光も真剣な眼差しになる。

「いくつになっても純な恋しかできないヤツなんだ。絶対に、泣かすなよ」

「――はい」

「よーし、いい子だ」

頷く光を、天宮はぽんぽんと頭を軽く叩いて微笑んだ。

天宮の携帯へ。それはあっさり繋がって、

「おっ、海野!」

電話の向こうの天宮は、かかってきたのが光とわかると、「こんな日に志摩を放ったらかして、なーにやってんだお前はぁ!」

いきなり怒る。

恋人の昔の男から、開口一番に怒鳴られてる俺って、いったい……。

「あ、あの、志摩先生、そこに……」

「いるわけないだろ。アパートに帰ってるんじゃないのか」

「や？　え、いないんで、それで先生に」

「なに。——なんだお前、今、志摩んアパートか」

いきなり天宮の空気がくだけた。

「部屋、留守で、ずっと電話も繋がらないんで、それで」

恥を忍んで、天宮に電話を。

というニュアンスは、きっと、絶対、伝わっている。

ははは、と、笑ってから、

「ってもしかして、志摩、まだ病院か!?」

「病院!?　先生、どこか具合が悪くなったんですか?」

「志摩じゃないよ、生徒の付き添い」

「——ああ」

良かった。や、良くはないか、生徒の方は具合が悪いんだものな。

教えられた病院はここからすぐ近くで、

「ありがとうございました！」

光は天宮に礼を言うと、病院に向けて走りだした。

アパートの外階段を下まで一気に駆け降りた時、人とぶつかりそうになる。

「ごめんなさいっ！」

謝って、「先生!?」

それが志摩であった。

志摩も驚いたように、光を見上げる。

「どうしたんだ光、こんな所で」

志摩は驚きのあまり、感動するのも忘れて、やけに普通に訊いてしまった。

「や、あの、いろいろ」

「なんだよ、いろいろって」

志摩はくすりと笑って、——笑って、光の首に腕を回した。

「……先生？」

『案外、アパートのドアの前で待ってる人がいたりして』

「すごいな、本当に、きみがここにいるなんて」

「先生……」

こんな所でこんなことをして、もし誰かに見られたら、と、いつも警戒を弛《ゆる》めない志摩なのに、なのに今夜は、志摩が光にキスをした。

嬉しい驚きに、うっかり光は、ケーキの箱を地面に落としてしまった。

「あっ、やば」

と呟《つぶや》いた光の口唇を、志摩が再び塞《ふさ》ぐ。

ケーキなんか、――チョコレートですら、どうでもいいのだ。

「ありがとう、光。本当は、とても会いたかったよ」

志摩の告白に、光もぎゅっと志摩を抱きしめた。


「あー、やっぱり、ぐちゃぐちゃになっちゃってる」

ベッドの中、盛り上がりが一度終了してから、志摩がベッドに持ち込んだケーキの箱を横から覗き込んで、「俺が落としちゃったから。ごめんね、先生」

光がすまなさそうに謝った。

「形なんてどうでも」

気にしない志摩は、手づかみでケーキをひとくちかじって、「へえ、光の触れ込み以上に旨いかも」

と、かじりかけを光の口元へ。

「ホントだ、旨い」

だが光はケーキでなく、志摩の口からひとくちいただいた。「こんなに旨いなんて、知らなかった」

「そうか」

微笑む志摩に、もう一度、口唇を寄せる。

「……先生」

ケーキも箱もベッドの隅に押し遣《や》って、光は志摩にのしかかる。「先生……」

柔らかい志摩の髪に指を差し入れて、光は志摩を掻《か》き抱く。

「先生、ずっと、俺の恋人でいて？」

大学を卒業しても、志摩からは卒業したくない。「大学出たら、こっちで就職するから、そしたら一緒に住みたいんだ、先生」

「そんな先のこと、まだ決められないだろ」

光の大学生活は始まったばかりで、残りの三年間に、どんな素晴らしい出会いがあるかも、わからないのに。

「違う、先生、そうじゃない」

「なにが？」

「俺、今、求婚したの」

「え？」

「大学卒業後に、現実としてどうなるかの話じゃなくて、ずーっと一緒にいたいって、俺、先生に伝えたかったんだ」

「光……」

「約束してくれなくてもいい、でも俺は、先生と、暮らしたい。——俺と一緒に暮らしてもいいかなって、そういう気持ち、先生にはある？」

「……あるよ」

これからどうなるか、それはわからないけれど、「オレも、きみと暮らしたい」

それが叶うものならば、きみと、未来を歩みたい。

「そしたらさ！　計画を少し、変更してもいいかな」

「なんの計画？」

「俺のバイト代で、クルマを買う前に、買いたいものができたんだ」

「まさか、今からふたりで住めるアパートを、なんて言い出すんじゃないだろうな」

笑う志摩に、光も笑う。

「言わないよ、そんなこと」

さすがにそれは、気が早過ぎ。「じゃないけど、近いかも」

バレンタインだからとか誕生日だからとか、そういう、記念日ともイベントとも関係なく、それが買えたら、買えたその日に、すぐにここへ、届けに来よう。

「それがなにかを、教えてくれないのか、光？」

「うん、まだ駄目」

「わけがわからなくて、少し怖いな」

「へへへ」

そしてもう一度、申し込むのだ。

『先生、俺と結婚してくださいっ！』

『できるか、ばーか』

また断られても、もう平気。

「なんだよ、なにに、にやにやしてるんだよ、光、ブキミだぞ」

すごくすごくすごく、好き。

好き、ではもう足りないこの気持ちを、どう言い表せばいいんだろう。

『あいつは、自分の全部で恋をするから』

俺も、俺の全部で、先生が好きだよ。

あとがき

こんにちは。

コミックス『熱情』の2でお知らせしたとおり、に、無事に発行の運びとなりました（こりゃ無理かな、出せないかな、と危ぶんだ時期もあり・笑）『熱情』小説バージョンですが、いかがでしたでしょうか？　お楽しみいただけましたか？

キャラ文庫では『水に眠る月』の３以降ですから、四年半ぶりとなります。ごぶさたしております、ごとうしのぶです。

異論は多々あるかと思うのですが、個人的な感覚として、せっかく原作ものをやるんだったら、やはりオリジナルでないともったいない？　とか思っているごとうは、その度に新しい作品を、と、頑張って作るんですが（あ、例外もありますが）、なので、毎回、その『原作』の有り様が異なっておりまして。プロットだけの時や、セリフまでは立ててあるとか、脚本っぽいとか、いろいろなんですが、今回のものは、最初から『限りなく小説の形』に近いものでありました。とはいえ飽くまで原作なので、情景を伝えたり心情を伝えるのに小説っぽい技法なんかは使わずに、わかりやすいよう、誤解のないよう、かなりダイレクトにがしがし書いてありまして、さて、限りなく小説に近く作ってあったとはいえ、いざ、本当に小説にするとなると、どうすればいいのだろう？　という疑問と、うっかりぶつかってしまったのでした。

小説化に当たり、どこまでいじっていいものやら。

の、さじ加減の問題ですね。

先々、文庫にするという前提で始めたわけではないんですが、『熱情』、原作を編集部へ渡したのがかれこれ三年前。作業に取り掛かったのがそれより更に数年前。

ということで、私的には『熱情』とのおつきあいは相当長いものなんですが、そもそも、『熱情』の最初の構想が、現在の倍、あったんですが、当初の予定では、コミックス一冊に収まる量、という枚数制限がありましたから、減らして、減らして、という作業をして、かなりすっきりした形になったんですが、それでも、蓋《ふた》を開けてみたらコミックス一冊ではなく二冊になってしまったという長さで。でも、小説化をするのに、だからといって、当初の構想にまで持っていったら、まったく違う話になってしまうよなあ。と、さすがにそれはできないなあ。

ということで、本編に関してはさほど大きな修正はかかっていないんですが、その後の番外編ですね、こちらも似たような経緯があり、これまた枚数制限で、エピソードを減らして減らして、という作業をしたものですから、（つまり、もともとの構想のままだと、コミックス4巻という長編になっていたということですね!?）これはどうするべきかと、かなり悩みまして。

で、本編に入れてあげたかったけれど、でもバランスとして（入れるとまとまりが悪くなるので）入れられなくて、番外編にも（こちらは枚数の都合で）入れてあげられなかった、天宮と光のエピソードを、小説化に当たり、番外編の方へ、加筆してみました。

志摩の知らないところで、昔の男と今の男（ぷぷぷ）との間でそんなやりとりがあったんだよと。伏線として、そんな感じなんですが、いかがなものでありましょうか？


今回、リライトしていて改めて、コミックスのコメントにも書きましたが、それとは別に改めて、高久《たかく》さんの頑張りっぷりを感じました。

原作を大事にしてもらっただけでなく、より、ふたりの世界を膨らませていただけて、あんなふうにマンガで表現していただけたこと、原作者冥利《みょうり》に尽きるです。

ありがたいことです。

志摩も光も、高久さんのおかげで、より、かわいい存在になりました。や、ルックスが、ということではなく(笑)、私にとって、ふたりの存在が、高久さんのおかげで、より身近に感じられるようになった、ということですね。より愛しくなったといいますか。

それと、コミックスの2巻目、あまりの分厚さに、1にはあった高久さんのオリジナル描き下ろし短編が読めなくてすごく残念でありました。次の機会にはまた、ぜひ！

担当さんにも（私の知らないところであれこれと）頑張っていただきましたし、いつもそうではありますが、いろんな方の頑張りに支えられて、お仕事させてもらえてるんだなあ、ということを、ひしひし噛み締めた作業でもありました。

さてさて。文字で触れる志摩と光、マンガ版の彼らとは、ちょびっとイメージが違っているのか、そうでもないのか、は、書いた当人には、当人であるだけに、残念ながらよくわからないんですが、なので、感想とかいただけると、すっごく嬉しいです。

でもって、機会があれば、また来年、２００４年に、『熱情』の続きを、もちろん高久さんの作画で、やってみたいな、と、思っております。

現時点では、何月号に掲載、とか、こんな内容で決定！　とかは、まるきりお伝えできませんが、そっち方向で頑張ってみようかな、と。

楽しみにしていただけると、これまたとても、嬉しいです。

この本を読んでのご意見、ご感想を編集部までお寄せください。

《あて先》〒105－8055　東京都港区芝大門2－2－1　徳間書店　キャラ編集部気付
「ごとうしのぶ先生」「高久尚子先生」係

■初出一覧

熱　情

【キャラ文庫】

2003年10月31日　初刷

著者　ごとうしのぶ
発行者　市川英子
発行所　株式会社徳間書店
〒105-8055 東京都港区芝大門2-2-1
電話03-5403-4324(販売管理部)
03-5403-4348(編集部)
振替00140-0-44392

印刷　図書印刷株式会社
製本　株式会社宮本製本所
カバー・口絵　近代美術株式会社
デザイン　海老原秀幸

ISBN4-19-900284-7

Charaコミックス
絶賛発売中
先生、俺を好きになって？
学園センシティブ・ラブ
［熱情《ねつじょう》］
SHINOBU GOTOH & SHOKO TAKAKU PRESENTS
原作 ごとうしのぶ 作画 高久尚子
高校生の光《ひかる》は教師の志摩《しま》に片想い中。ある日、想いあまって無理やり志摩を抱いてしまう。ところが、落ち込む光に志摩は「卒業まで期間限定の恋人ごっこならつき合ってやる」と条件を出して…!?
徳間書店

好評発売中

ごとうしのぶの本
【水に眠る月③】
—黄昏の章—

イラスト◆Lee

契る相手は一生に一人だけ——。そう運命《さだめ》られた世界で、レエナと共に生きる決意をしたタスティス。でももしオレが、誰とも契ってはいけない《月の王》だったら…？　レエナの傍で眠るとなぜ、オレは見たくない未来を夢見てしまうのか。不安に苛《さいな》まれるタスティスはある晩、レエナに執着している兄王ラフィーネに二人の逢瀬を見られてしまい!?　感動のシリーズ最終巻!!

キャラ文庫既刊

■秋月こお

[やってらんねェぜ!] 全6巻
[セカンド・レボリューション やってらんねェぜ!外伝]
[アーバンナイト・クルーズ やってらんねェぜ!外伝2]
[酒と薔薇とジェラシーと やってらんねェぜ!外伝3]
[許せない男 やってらんねェぜ!外伝4] CUT/こいでみえこ
[王様な猫]
[王様な猫のしつけ方 王様な猫2]
[王様な猫の陰謀と純愛 王様な猫3]
[王様な猫と調教師 王様な猫4]
[王様な猫の戴冠 王様な猫5] CUT/かすみ涼和
[王朝春宵ロマンセ]
[王朝夏曙ロマンセ 王朝春宵ロマンセ2]
[王朝秋夜ロマンセ 王朝春宵ロマンセ3]
[王朝冬陽ロマンセ 王朝春宵ロマンセ4] CUT/唯月 一
[要人警護] CUT/緋色れーいち

■朝月美姫

[BAD BOYブルース]
[俺たちのセカンド・シーズン BAD BOYブルース2] CUT/東城麻美
[シャドー・シティ] CUT/ほたか乱
[ヴァージンな恋愛] CUT/極楽院櫻子
[厄介なDNA] CUT/高群 保
[お坊ちゃまは探偵志望] CUT/雁川せゆ

■五百香ノエル

[キリング・ビータ]
[偶像の資格 キリング・ビータ2]
[暗黒の誕生 キリング・ビータ3]
[静寂の暴走 キリング・ビータ4] CUT/麻々原絵里依

[幼馴染み冒険隊 デッド・スポット] CUT/みずき健
[GENE《ゲーン》 天使は裂かれる]
[望郷天使 GENE2]
[紅蓮の稲妻 GENE3]
[宿命の血戦 GENE4]
[この世の果て GENE5]
[愛の戦闘《たたかい》 GENE6]
[螺旋運命 GENE7]
[心の扉 GENE8]
[天使はうまれる GENE9] CUT/金ひかる

■斑鳩サハラ

[僕の銀狐]
[押したおされて 僕の銀狐2]
[最強ラヴァーズ 僕の銀狐3]
[狼と子羊 僕の銀狐4] CUT/越智千文
[月夜の恋奇譚] CUT/吹山りこ
[夏の感触] CUT/嶋田尚未
[秒殺LOVE] CUT/桃季さえ
[キス的恋愛事情] CUT/えとう綺羅
[今夜こそ逃げてやる!] CUT/こうじま奈月

■池戸裕子

[恋はシャッフル] CUT/雁川せゆ
[ロマンスのルール]
[告白のリミット ロマンスのルール2]
[優しさのプライド ロマンスのルール3] CUT/ビリー高橋
[小さな花束を持って] CUT/金ひかる
[アニマル・スイッチ] CUT/夏乃あゆみ
[TROUBLE TRAP!] CUT/峰倉かずや
[いつだって大キライ] CUT/のもまりの
[ラブ・スタント] CUT/えとう綺羅
[課外授業のそのあとで] CUT/史堂 櫂
[恋のオプショナル・ツアー] CUT/明森びびか

[ひみつの媚薬] CUT/高群 保
[勝手にスクープ!] CUT/にゃおんたつね
[KISSのシナリオ] CUT/宗真仁子
[社長秘書の昼と夜] CUT/果桃なばこ

■緒方志乃

[甘え上手なエゴイスト] CUT/高久尚子
[ファイナル・チャンス!] CUT/北畠あけの
[二代目はライバル] CUT/須賀邦彦

■鹿住 槇

[優しい革命]
[いじっぱりトラブル 続・優しい革命] CUT/橘 皆無
[甘える覚悟] CUT/穂波ゆきね
[愛情シェイク]
[微熱ウォーズ 愛情シェイク2] CUT/高群 保
[泣きべそステップ] CUT/やまかみ梨由
[別嬪レイディ] CUT/大和名瀬
[可愛くない可愛いキミ] CUT/藤崎一也
[恋するキューピッド]
[恋するサマータイム 恋するキューピッド2] CUT/明神 翼
[ゲームはおしまい!] CUT/宏橋昌水
[囚われた欲望] CUT/椎名咲月
[甘い断罪] CUT/不破慎理
[ただいま同居中!]
[ただいま恋愛中! ただいま同居中!2] CUT/夏乃あゆみ
[お願いクッキー] CUT/北畠あけ乃
[独占禁止!?] CUT/宮城とおこ
[となりのベッドで眠らせて] CUT/椎名咲月

■かわいゆみこ

[Die Karte —カルテ—] CUT/ほたか乱

■川原つばさ

[泣かせてみたい①〜⑥]

キャラ文庫既刊

【ブラザー・チャージ 泣かせてみたいシリーズ】CUT/禾田みちる
[天使のアルファベット]CUT/極楽院櫻子
[プラトニック・ダンス①〜⑤]CUT/沖麻実也

■神奈木智
[地球儀の庭]CUT/やまかみ梨由
[王様は、今日も不機嫌]CUT/雁川せゆ
[勝ち気な三日月]CUT/楠本こすり
[キスなんて、大嫌い]CUT/穂波ゆきね
[その指だけが知っている]
【左手は彼の夢をみる その指だけが知っている2】CUT/小田切ほたる
[ダイヤモンドの条件]
[シリウスの奇跡 ダイヤモンドの条件2]CUT/須賀邦彦

■高坂結城
[午前2時にみる夢]CUT/羽音こうき
[恋愛ルーレット]CUT/橘 皆無
[瞳のロマンチスト]CUT/穂波ゆきね
[エンジェリック・ラバー]CUT/みずき健
[微熱のノイズ]CUT/椎名咲月
[サムシング・ブルー]CUT/雁川せゆ
[好きとキライの法則]CUT/宏橋昌水

■剛しいら
[このままでいさせて]CUT/藤崎一也
[エンドマークじゃ終わらない]CUT/椎名咲月
[伝心ゲーム]CUT/依田沙江美
[追跡はワイルドに]CUT/緋色れーいち
[雛供養]CUT/須賀邦彦
[顔のない男]CUT/北畠あけ乃

■ごとうしのぶ
[水に眠る月 —夢見の章—]
[水に眠る月② —霧雨の章—]CUT/Lee
[水に眠る月③ —黄昏の章—]CUT/高久尚子
[熱情]CUT/高久尚子

■榊 花月
[午後の音楽室]CUT/依田沙江美
[白衣とダイヤモンド]CUT/明森びびか
[ロマンスは熱いうちに]CUT/夏乃あゆみ

■桜木知沙子
[ささやかなジェラシー]CUT/ビリー高橋
[ご自慢のレシピ]CUT/椎名咲月
[となりの王子様]CUT/夢花 李

■佐々木禎子
[ロッカールームでキスをして]CUT/高久尚子
[ナイトメア・ハンター]CUT/にゃおんたつね
[最低の恋人]CUT/蓮川 愛
[恋愛ナビゲーション]CUT/山守ナオコ
[したたかに純愛]CUT/不破慎理

■篠 稲穂
[ひそやかな激情]CUT/穂波ゆきね
[草食動物の憂鬱]CUT/宗真仁子
[禁欲的《ストイック》な僕の事情]CUT/桃季さえ
[熱視線]CUT/夏乃あゆみ
[Baby Love]CUT/宮城とおこ

■秀香穂里
[くちびるに銀の弾丸]CUT/祭河ななを

■菅野 彰
[毎日晴天!]
[子供は止まらない 毎日晴天!2]
[子供の言い分 毎日晴天!3]
[いそがないで。 毎日晴天!4]
[花屋の二階で 毎日晴天!5]
[子供たちの長い夜 毎日晴天!6]
【僕らがもう大人だとしても 毎日晴天!7】
[花屋の店先で 毎日晴天!8]
[君が幸いと呼ぶ時間 毎日晴天!9]CUT/二宮悦巳
[野蛮人との恋愛]
[ひとでなしとの恋愛 野蛮人との恋愛2]
[ろくでなしとの恋愛 野蛮人との恋愛3]CUT/やしきゆかり

■春原いずみ
[風のコラージュ]CUT/やまかみ梨由
[緋色のフレイム]CUT/果桃なばこ
[とけない魔法]CUT/やまねあやの
[チェックメイトから始めよう]CUT/椎名咲月
[白檀の甘い罠]CUT/明森びびか
[氷点下の恋人]CUT/片岡ケイコ

■染井吉乃
[嘘つきの恋]
[蜜月の条件 嘘つきの恋2]
[誘惑のおまじない 嘘つきの恋3]CUT/宗真仁子
[サギヌマ薬局で…]CUT/よしながふみ
[blue 〜海より蒼い〜]CUT/夢花 李
[トライアングル・ゲーム]CUT/嶋田尚未
[足長おじさんの手紙]CUT/南かずか
[ハート・サウンド]
[ボディ・フリーク ハート・サウンド2]CUT/麻々原絵里依

■篁釉以子
[ヴァージン・ビート]CUT/かすみ涼和
[ヴァニシング・フォーカス]CUT/楠本こすり
[カクテルは甘く危険な香り]CUT/雁川せゆ
[バックステージ・トラップ]CUT/松本テマリ

キャラ文庫既刊

[ドクターには逆らえない] CUT／やまかみ梨由
[真夏の合格ライン] CUT／明森びびか

■月村 奎
[そして恋がはじまる] CUT／夢花 李
[アプローチ] CUT／夏乃あゆみ

■徳田央生
[会議は踊る！] CUT／ほたか乱
[ラ・ヴィ・アン・ローズ] CUT／史堂 櫂

■灰原桐生
[僕はツイてない。] CUT／史堂 櫂

■火崎 勇
[ウォータークラウン] CUT／不破慎理
[EASYな微熱] CUT／金ひかる
[永い言葉] CUT／石田育絵
[恋愛発展途上] CUT／蓮川 愛
[三度目のキス] CUT／高久尚子
[ムーン・ガーデン] CUT／須賀邦彦
[グッドラックはいらない！] CUT／果桃なばこ
[マイフェア・ブライド] CUT／雁川せゆ
[お手をどうぞ] CUT／松本テマリ
[ロジカルな恋愛] CUT／山守ナオコ
[カラッポの卵] CUT／明森びびか

■ふゆの仁子
[メリーメイカーズ] CUT／楠本こすり
[飛沫の鼓動《リズム》]
[飛沫の輪舞《ロンド》 飛沫の鼓動2]
[飛沫の円舞《ワルツ》 飛沫の鼓動3] CUT／不破慎理
[太陽が満ちるとき] CUT／高久尚子
[年下の男] CUT／北畠あけの
[Gのエクスタシー] CUT／やまねあやの
[ボディスペシャルNO.1] CUT／やしきゆかり

[恋愛戦略の定義] CUT／雪舟 薫
[フラワー・ステップ] CUT／夏乃あゆみ
[ソムリエのくちづけ] CUT／北畠あけ乃
[プライドの欲望] CUT／須賀邦彦

■穂宮みのり
[無敵の三原則] CUT／宗真仁子

■前田 栄
[好奇心は猫をも殺す] CUT／高口里純

■松岡なつき
[声にならないカデンツァ] CUT／ビリー高橋
[ブラックタイで革命を]
[ドレスシャツの野蛮人 ブラックタイで革命を2] CUT／緋色れーいち
[センターコート] 全3巻 CUT／須賀邦彦
[旅行鞄をしまえる日] CUT／史堂 櫂
[GO WEST！] CUT／ほたか乱
[NOと言えなくて] CUT／果桃なばこ
[WILD WIND] CUT／雪舟 薫
[FLESH & BLOOD①～⑤] CUT／雪舟 薫

■真船るのあ
[オープン・セサミ]
[楽園にとどくまで オープン・セサミ2]
[やすらぎのマーメイド オープン・セサミ3] CUT／蓮川 愛
[思わせぶりな暴君] CUT／果桃なばこ
[恋と節約のススメ] CUT／橘 皆無
[眠れる館の佳人] CUT／にゃおんたつね

■水無月さらら
[素直でなんかいられない]
[無敵のベビーフェイス] CUT／かすみ涼和
[ファジーな人魚姫 私立海宝学園シリーズ2]
[真珠姫ご乱心！ 私立海宝学園シリーズ3] CUT／吹山りこ
[お気に召すまで] CUT／北畠あけの
[永遠の7days] CUT／真生るいす
[視線のジレンマ] CUT／Lee
[恋愛小説家になれない] CUT／史堂 櫂

■望月広海
[あなたを知りたくて] CUT／藤崎一也
[君をつつむ光] CUT／ビリー高橋
[気まぐれ猫の攻略法] CUT／宗真仁子

■桃さくら
[砂漠に落ちた一粒の砂]
[いつか砂漠に連れてって 砂漠に落ちた一粒の砂2] CUT／吹山りこ
[ロマンチック・ダンディー] CUT／ほたか乱
[南の島で恋をして] CUT／桃季さえ
[億万長者のユーウツ] CUT／えとう綺羅
[だから社内恋愛！] CUT／神崎貴至
[占いましょう] CUT／唯月 一
[宝石は微笑まない] CUT／香雨

■吉原理恵子
[二重螺旋]
[愛情鎖縛 二重螺旋2] CUT／円陣闇丸

〈2003年10月28日現在〉

投稿小説★大募集

『楽しい』『感動的な』『心に残る』『新しい』小説——

みなさんが本当に読みたいと思っているのは、どんな物語ですか？　みずみずしい感覚の小説をお待ちしています！

•応募きまり•

[応募資格]
商業誌に未発表のオリジナル作品であれば、制限はありません。他社でデビューしている方でもOKです。

[枚数／書式]
20字×20行で50〜100枚程度。手書きは不可です。原稿はすべて縦書きにして下さい。また、800字前後の粗筋をつけて下さい。

[注意]
①原稿の各ページには通し番号を入れ、次の事柄を1枚目に明記して下さい。（作品タイトル、総枚数、ペンネーム、本名、住所、電話番号、職業、年齢、投稿・受賞歴）
②原稿は返却しませんので、必要な方はコピーをとって下さい。
③締め切りは特別に定めません。面白い作品ができあがった時に、ご応募下さい。
④採用の方のみ、原稿到着から3カ月以内に編集部から連絡させていただきます。また、有望な方には編集部からの講評をお送りします。
⑤選考についての電話でのお問い合わせは受け付けできませんので、ご遠慮下さい。

[あて先]
〒105-8055 東京都港区芝大門2-2-1
徳間書店 Chara編集部 投稿小説係

投稿イラスト★大募集

キャラ文庫を読んで、イメージが浮かんだシーンをイラストにしてお送り下さい。キャラ文庫、『Chara』『Chara Selection』『小説Chara』などで活躍してみませんか？

•応募きまり•

[応募資格]

応募資格はいっさい問いません。マンガ家＆イラストレーターとしてデビューしている方でもOKです。

[枚数／内容]

①イラストの対象となる小説は『キャラ文庫』か『Chara、Chara Selection、小説Charaにこれまで掲載された小説』に限ります。既存のイラストの模写ではなくオリジナルなイメージで仕上げて下さい。
②カラーイラスト１点、モノクロイラスト３点の合計４点。カラーは作品全体のイメージを。モノクロは背景やキャラクターの動きの分かるシーンを選ぶこと（裏にそのシーンのページ数を明記）。
③用紙サイズはA４以内。使用画材は自由。

[注意]

①カラーイラストの裏に、次の内容を明記して下さい。（小説タイトル、ペンネーム、本名、住所、電話番号、職業、年齢、投稿・受賞歴、返却の要・不要）
②原稿返却希望の方は、切手を貼った返却用封筒を同封して下さい。封筒のない原稿は編集部で処分します。返却は応募から１カ月以内。
③締め切りは特別に定めません。採用の方のみ、編集部から連絡させていただきます。選考結果の電話でのお問い合わせはご遠慮下さい。

[あて先]

〒105-8055 東京都港区芝大門2-2-1
徳間書店 Chara編集部 イラスト募集係